書下ろし

長編時代小説

秘剣流亡

佐伯泰英

祥伝社文庫

目次

『悪松』主な登場人物

一松《いちまつ》

元摂津三田藩《せっつさんだはん》家臣・大安寺一松弾正《だいあんじいちまつだんじょう》と名乗る。

父は摂津三田藩の中間《ちゅうげん》・伍平《ごへい》。父を殺された仇《かたき》に諍《いさか》い相手の藩邸出入り商人らを叩き伏せたところ、小伝馬《こでんま》町の牢屋敷に放り込まれ、江戸所払いの刑をくだされる。

「中間小者《こもの》は人間ではない」ということを嫌というほど思いしらされた一松は、「武士になろう」と誓った。

名刀備前国長船兼光《びぜんこくおさふねかねみつ》を使い、「雪割り」「瀑流《ばくりゅう》返し」「乱舞《らんぶ》」「孤座《こざ》」などの秘剣を編み出す。

母は浜松宿「遠州屋」の飯盛りだったたき。

伍平とともに足抜けしようとするも天竜川で溺死。

やえ

千住掃部《せんじゅかもん》宿の飯盛旅籠・松亀楼の元女郎。

一松に身請けされる。房州九十九里《くじゅうくり》白子浜《しらこはま》の育ち。身請け後、白子浜に戻る。母のしげ、ばあ様のたつ、弟の良太のほかに弟妹が四人いる。

徳川光圀《とくがわみつくに》

水戸《みと》藩元藩主。佐々木介三郎《ささきすけさぶろう》、安積覚兵衛《あさかかくべえ》を従える。当代水戸藩主・徳川綱条《つなえだ》や五代将軍・綱吉《つなよし》とのあいだに確執があり、一松に影警護を依頼する。

清泉尼《せいせんに》

尼寺・連雀院《れんじゃくいん》の庵主。一松がかつて出会った舟饅頭《まんじゅう》＝売春婦・おさよの母親。かつて日本橋の扇子屋・みやこ屋の妾だった。

愛甲喜平太高重《あいこうきへいたたかしげ》

薩摩《さつま》藩下士の倅《せがれ》。薩摩を飛びだして諸国行脚の旅に出る。弾正ケ原《だんじょうがはら》にて一松に薩摩示現《じげん》流を伝授。

元禄二年（一六八九）死去。一松がその亡骸《なきがら》を葬る。

萬次郎《まんじろう》

薩摩藩江戸屋敷の探索方。一松の動向を絶えず探って薩摩に報告することを使命と心得ている。

「秘剣流亡」関連略図
舞鶴城
甲州街道
甲斐府中
右左口峠
上九一色村
西湖
河口湖
精進湖
鎌倉往還
富士浅間神社
本栖湖
山中湖
籠坂峠
須走
富士山
松原明神社
御殿場
小田原城
乙女峠
宮ノ下
風祭
仙石原
早川
箱根神社
芦ノ湖
須雲川
相模灘
白銀山
箱根関所
湯河原
三島
東海道
駿河湾
0
20km

第一章　賭け相撲

一

昼寝から目を覚《さ》ました大安寺《だいあんじ》一松《いちまつ》の視界に、風に揺れる紅梅の花と青葉が飛び込んできた。さらに梅林の上には澄み切った空が広がっていた。

空気が白く、軽やかに見えた。

ふうっ
と一松は梅林の木陰で伸びをした。

光が躍《おど》っていた。

「よう、寝たわ」

長い手足を伸ばすだけ伸ばすと腹が鳴った。この二日余り、まともに食していない。酒《さか》匂川《わ》を夜渡りする前、漁師の家の庭先に干《ほ》してあった烏賊《いか》の一夜干しを二、三枚頂戴《ちょうだい》して、川渡りをしながら齧《かじ》ったのが最後だった。

（なんとかせぬとな）

と考えたものの、一松に切迫感はない。懐《ふところ》に一文《いちもん》の銭も残っていなかったが、格別珍しいことでもない。なければ、あるところから頂戴する、それだけのことだ。

一松は体を起こし、傍《かたわ》らに置いていた刀と木刀を手にした。

刀は備前《びぜん》国の刀鍛冶《かじ》、長船兼光《おさふねかねみつ》が鍛《きた》えた刃渡り三尺一寸八分（九六センチ）という長大な代物《しろもの》だ。その鍔元《つばもと》には革紐《かわひも》で編んだ草鞋《わらじ》がぶら下げられていた。いま一つの得物は亡き師匠が手造りしてくれた赤樫《あかがし》の木刀四尺五寸（一三六センチ）だ。

どちらも戦国時代が終わり、百年が過ぎようという元禄《げんろく》六年（一六九三）正月において は滅多《めった》に見かけるものではない。世の中は元禄の華美《かび》な風潮に染まり、武士までもが凝《こ》った拵《こしら》えの細身の大小を腰飾りのように差し落としていた。

一松は立ち上がって、兼光を丈の短い小袖の腰にぶち込み、木刀を肩に担《かつ》いだ。

頭髪は乱れ、髷《まげ》は藁《わら》で結わえてあった。身の丈六尺三寸（一九〇センチ）だが近頃また伸びたように思える。

その頭が梅林の上に出た。

眼下に城下町が広がり、町並みから突き抜けて城の天守閣《てんしゆかく》が見えた。その背後にきらきらと光る相模灘《さがみなだ》が広がっている。

ここは東海道の要衝《ようしよう》、小田原《おだわら》城下だ。戦国時代を駆け抜けた武将北条早雲《ほうじようそううん》から五代にわたり、北条家が本拠地にした城下町だ。北条家は関八州支配の本城として小田原城の整備を行ない、天正《てんしよう》十八年（一五九〇）、豊臣秀吉《とよとみひでよし》旗下《きか》の大軍の襲来に備え、

「めぐり五里」

と称する大外郭を築いた。

それは戦乱に明け暮れた江戸以前にも類を見ない、大土塁《どるい》と大堀切《ほりきり》を繋《つな》いだ巨大な防衛線であり、城壁であった。さすがに秀吉もこの強固な城を落とすことはできなかった。だが、秀吉の策に乗って北条氏は城を明け渡し、滅亡した。

その後、関東を領有することになった徳川家康《とくがわいえやす》の家臣大久保《おおくぼ》氏が城主として統治することになった。だが、大久保家の改易《かいえき》で幕府直属の番城になった後、譜代《ふだい》の阿部《あべ》家、稲葉《いなば》家と次々に交代し、貞享《じようきよう》三年（一六八六）に再び大久保氏が下総佐倉《しもうささくら》から入封《にゆうふう》していた。

十万三千石の小田原藩を大久保忠朝《ただとも》が統治していた。

大久保氏が東海道の西の要《かなめ》である小田原に再び転封されて七年目を迎えていた。大久保氏が復帰した小田原藩を、小田原大地震、酒匂川の洪水と、災害が次々と襲いかかり、農

村は疲弊《ひへい》を極めていた。だが、一方で幕府の街道整備が進み、五街道の筆頭である東海道の要、箱根《はこね》の出入り口として小田原宿は重要性を増していた。

幕藩体制下、参勤交代を行なう大名家は定府《じょうふ》を除き、二百三十数家であった。東海道の小田原宿を通過していく大名家は百四十家だ。

江戸から出る中山道《なかせんどう》と奥州《おうしゅう》街道には二十里（七八キロ）から二十五里（九七・五キロ）の間に高崎《たかさき》、宇都宮《うつのみや》といった、同じような規模の城下町があった。

この高崎城下を通行する大名家は三十六家、奥州街道の宇都宮城下のそれは三十三家である。小田原は圧倒的に多い。

東海道の難所《なんしょ》といわれる箱根越えの前後に、百四十家の大名家の八割から九割が小田原で宿泊した。そのために小田原には本陣《ほんじん》四軒、脇本陣《わきほんじん》四軒があった。

一松は梅林を城下へと下りながら、紅梅の花をもぎって口に入れた。

「不味《まず》いな」

口から花を吐き出し、たらふく飯を食いたいと思った。

一松はわずか数日前まで江戸小梅《こうめ》村の水戸《みと》藩蔵屋敷に逗留《とうりゅう》し、三度三度の賄《まかな》いに不自由することはなかった。この小正月、左義長《さぎちょう》の催《もよお》しが小梅屋敷で開かれ、太神楽《だいかぐら》が町から入り込んで曲芸を披露《ひろう》した。

一松が何気なく見物していると太神楽の面々がいきなり一松に襲いかかってきた。太神楽に変装して水戸家に侵入したのは、これまで度々死闘を繰《く》り返してきた薩摩《さつま》の刺客団であった。

一松は悉《ことごと》く刺客を葬《ほうむ》りさった。

騒然とする水戸屋敷の中にあって、一松は水戸光圀《みつくに》の忠臣にして学者の安積覚兵衛《あさかかくべえ》にだけ、

「しばらく旅に出る」

との書置きを残し、水戸屋敷を出るとその夜の内に六郷川《ろくごう》を越えていた。

水戸家のお長屋暮らしは、腹を空かすことはない代わりに退屈極まった。

一松は大名家の江戸藩邸暮らしを承知していた。一松が育ったのは裏霞ヶ関《うらかすみがせき》にある摂津三田《せっつさんだ》藩三万六千石九鬼長門守《くきながとのかみ》様の上屋敷だ。

父親の伍平《ごへい》は中間《ちゆうげん》で、

「おまえは浜松《はままつ》城下の寺の門前でおれが拾ってやった餓鬼《がき》だ」

と言われて育ってきた。ゆえに母親の温もりも知らず、中間部屋で行なわれる博奕《ばくち》、酒、喧嘩《けんか》の声などを子守唄代わりに育ってきたのだ。

伍平に親の情を感じたことのない一松だった。だが、博奕の諍《いさか》いで父親が大勢の仲間に斬殺されたと知らされたとき、一松は賭場《とば》に乗り込み、父親を殺した中間頭を六尺棒で叩《たた》き伏せ、藩邸から追放された。

それが十七歳の折のことだ。

三田藩では一松を放逐《ほうちく》したばかりか出入りの町奉行所の定廻《じょうまわ》り同心《どうしん》市橋《いちはし》武太夫《ぶだゆう》と御用聞きの梟《ふくろう》の黒三郎《くろさぶろう》を唆《そそのか》し、小伝馬《こでんま》町の牢屋敷に送り込もうと画策《かくさく》した。

相手は素手の一松の大力を封じようと多勢で包み込み、一松はがんじがらめに縛り上げられた。牢暮らし三月の後、一松は百叩きの上に、

「江戸所払い」

を命じられた。

所払いになった一松が向かった先は東海道浜松城下だ。

父の伍平が言っていたように、寺の門前に捨てられていたのかどうか、母の面影《おもかげ》を追うことが最初にした行動だった。

その結果、一松の母親は浜松宿の旅籠《はたご》遠州《えんしゅう》屋の飯盛《めしも》り女、たきであり、父親は伍平ということが分かった。

たきは伍平の種を宿し、それが分かったとき、堕胎宿《おろし》に送り込まれたそうな。このこと

を知った伍平はたきを堕胎宿から連れ出し、一松が生まれた。だが、三人の暮らしは長くは続かなかった。

遠州屋は当然のことながら、抱えの飯盛りを連れ出した伍平らの行方を土地の御用聞きに頼んで追っていた。

ほとぼりが冷めたと考えた伍平とたきは、乳飲《ちの》み子の一松を抱いて浜松城下を抜けようとして見付かり、天竜《てんりゅう》川に追い詰められた。

伍平は一松を負い、たきの手を引いて流れを泳ぎ渡ろうとしたが、たきは溺《おぼ》れ死んだ。

遠州屋ではたきを城下にある大安寺《だいあんじ》の無縁墓に葬った。

伍平と一松はなんとか江戸へと逃げ戻り、一松は寺の門前で拾われた餓鬼と嘘に塗《まみ》れて育てられた。

母の儚《はかな》い人生を知った一松は、親父のような中間の身でいては父と同じことを繰り返すと覚《さと》った。大名家では中間は人間扱いされない。二本差しだけが人間様なのだ。一松は、

「おれは侍になる」

と翻然《ほんぜん》と覚った。

寺の名をとり、大安寺一松と名乗ることにした。

一松は小田原城の空堀にぶつかった。空堀に沿って歩くと土橋が見つかった。橋を渡り、林を抜けると城源寺《じょうげんじ》の門前に出た。

風に乗って歓声が聞こえてきた。

祭りでもやっておるのか。

一松は小田原の北側から城下へ入ってきたようだ。それをお天道様の位置で確かめた。陽の差し具合は昼の八つ（午後二時）か八つ半（午後三時）だ。そろそろ旅人たちが宿を求める刻限だ。

東海道を三島《みしま》に向かう旅人には箱根八里の難所が控えていた。体を充分休め、翌早朝から箱根越えにかかる、そのために早く宿を探す、それが旅人の心得だ。

畑地に出た。だが、辺りに百姓家は見えなかった。

武家地のようだが下士の屋敷のようで、内職でもしているのか、そんな物音や子供の素読の声が通りまで響いてきた。

武家地をしばらくいくと水堀に出た。

一松は武家地に用はない。ひたすら東海道筋から続く町屋を目指した。

城の内堀に沿って海の方角へと進むと、さらに歓声が高く響いてきた。

ざわめきに、

はっけよい

の声が混じった。草相撲が催されているのか。

大手門を過ぎると幟《のぼり》がはためいているのが見えた。

「江戸大相撲大興行」

の幟旗の文字が一松の目に飛び込んだ。

大手門の前には家老職の屋敷が連なっていた。その南東側は東海道で、通りに沿って町屋が東から西へと延びていた。

外堀が南東から南西へと曲がるところに大相撲興行が行なわれている、小田原宿の総鎮《ちん》守《じゅ》・松原明神《まつばらみようじん》社があった。

一松は興奮した人々のざわめきに釣られて鳥居《とりい》を潜り、境内《けいだい》へと入っていった。

参道の右手には相撲の土俵があって、江戸からきた大相撲の一行が土地の草相撲の挑戦を受けていた。

一松は見物の衆の後方から土俵を覗《のぞ》き込んだ。

土地の若い相撲取りは漁師か、肌が赤銅《しやくどう》色に焼けていた。身丈も五尺八、九寸（一七五〜一七八センチ）はありそうだ。それに対して江戸相撲の力士は五尺四、五寸（一六三〜一六六センチ）か。小太りだった。

「千吉《せんきち》、遠慮するな、江戸相撲を投げ飛ばせ」

「あと三人抜けば五両だぞ」

一松の傍らの男が叫んだ。土俵上の千吉とは仲間のようだ。

「何人抜けば五両が貰えるな」

「五人だよ」

と振り向いた男が一松の顔を眺め上げた。

「千吉は二人を倒したか」

「千吉は押送《おしおく》り船の船頭《せんどう》だ、江戸まで鰹《かつお》を積んで一気に突っ走る力を持ってやがる。江戸相撲の連中もたじたじよ。あの小太りの山王《さんのう》なんぞは一突きだぜ」

「相手は小さいな」

「江戸相撲の勧進元《かんじんもと》め、諦《あきら》めたかねえ」

と応じた男が感心したように言い出した。

「お侍もおっそろしくでけえな。身丈はどれほどだ」

「六尺三寸かのう」

「見てみな、土俵下にでーんと腕組みする小結《こむすび》の大獄岩五郎《おおたけいわごろう》をよ、座ってあれだ。立てば六尺五寸（一九六センチ）四十三貫（一六一キロ）というぜ。お侍といい勝負かもしれねえな」
行司《ぎょうじ》が二人を分けた。
軍配《ぐんばい》が翻《ひるがえ》った。
千吉が低い姿勢から諸手《もろて》突《づ》きを相手に食らわした。小太りの力士は千吉の突き出す右手を下から、
ぽーん
と撥《は》ね上げるように軽く外すと千吉の内懐に飛び込み、顔を胸に付けた。一見もっさりとした動きだ。
「江戸の相撲取りが素人の胸に顔を埋めやがったぜ」
「どうだ、千吉のよ、堂々とした受け止め方はよ」
仲間が騒いだ。
一松は嫌な感じに見舞われた。
山王という小太りの相撲取りが素人相手になにかを狙《ねら》っているように感じたからだ。膠着《こうちゃく》した相撲に活気をつけるように行司が、
はっけよい
と気合を入れ直した。

その瞬間、千吉の胸に縋《すが》るように顔を付けていた山王が、

くるり

と体を入れ替えるように廻った。

機敏《きびん》な動きであった。

横に廻られた千吉が慌《あわ》てて山王の腕を掻《か》い込んだ。

その直後、山王の短い足が千吉の足を内側から鎌《かま》で草を刈り込むように鋭く払った。

千吉の体が傾いた。

さらに山王は千吉の体に自分の体を押し付けるようにして内側から掛けた足にさらに力を入れた。

千吉が山王を抱え込むようにして奇妙な姿勢で土俵上に崩れ落ちた。

不気味な音が相撲場に響き、千吉の、

ぎゃああっ

という絶叫が響き渡った。

「ど、どうした」

仲間が悲鳴を上げた。

「足の骨を折られたな」

「な、なんだって」

仲間たちが見物の衆を掻き分けて土俵下に走り込んだ。

見物の人々は言葉をなくして沈黙していた。

山王は悠然《ゆうぜん》と身を起こすと、千吉が土俵で転がり回る姿を見下ろしながら、行司から勝ち名乗りを受けた。

仲間たちが千吉を抱えて医師の元へと運んでいった。

この騒ぎで相撲は中断されていた。

勧進元か、羽織《はおり》の男が土俵に上がっていった。

「もはや江戸相撲に挑戦なさる方はございませんか」

森閑《しんかん》とした見物の衆から返事はない。

一松の元へ先ほどの仲間が戻ってきた。

「千吉の足がぶらんと外側へ曲がってやがったよ」

と言うと、

「旦那、仇《かたき》を討ってくんな」

と一松を見た。

千吉が怪我を受けた怒りを持っていきようがなく、一松に言葉を発したに過ぎなかった。

「五両か」

「やる気か」

「褌《ふんどし》を貸してくれぬか」

よし、と言った男が、

「勧進元、この侍がやるぜ」

と土俵に向かって叫んだ。

褌を締め込んだ一松は土俵に上がる前に勧進元の男に、

「勝てば五両、間違いないな」

と念を押した。

「お侍、嘘は言いっこなしだ。だが、忘れないでくんな、五人の力士を負かすんだぜ。怪我をしても土俵の上のことだ、責めは当人がとるんだよ」

一松は頷《うなず》くと土俵下にあった水桶に柄杓《ひしゃく》を突っ込み、水を飲んだ。水でも腹の足しになると思ってのことだ。

「侍、おまえさんの名はなんと言うんだね」

「大安寺一松弾正《だんじょう》」

「ご大層な名前だねえ」

勧進元は一松を偽侍と見破ったかのように苦笑いした。

弾正の名は箱根の弾正ヶ原《だんじょうがはら》から取った。

一松は浜松城下からの帰り道、箱根山中で永年にわたり武者修行していた薩摩《さつま》出の老武士愛甲喜平太《あいこうきへいた》と出会うと、勝負を挑んで完敗し、弟子になった。

喜平太は業病《ごうびょう》に取り付かれ、死期を悟っていた。そこで自ら会得した薩摩示現《じげん》流愛甲派のすべての技を一松に伝え遺すことにした。

死に臨んで数ヵ月、弾正ヶ原において師弟の必死の戦いが始まり、一松の剣術修行は愛甲喜平太の死を切っ掛けにさらに猛烈な様相を呈した。

一松は師の教えを忘れぬために修行の場、弾正ヶ原から弾正を名に取り入れたのだ。

一松は土俵に上がった。

相手は千吉の足をへし折った山王虎五郎《とらごろう》だ。

「お侍、手は抜かねえ、それが江戸相撲にごんす」

「手加減するなど考えんでよい。そなた、相撲取りになって何年になる」

「十五の年に相撲部屋に入り、十六年が過ぎたかねえ」

「幕下《まくした》には出世したか」

にたり
　と笑った山王が、

「これでも幕内を五年張り通したでごんす」

「ただ今は元の木阿弥《もくあみ》褌《ふんどし》担《かつ》ぎか」

「抜かしたな、手心は加えねえ」

「先ほど答えたぜ」

行司が蹲踞《そんきょ》の姿勢に入るように両者に命じた。

二

「両者、見合って」

行司が声をかけ、一松は中腰の姿勢で長い手の先を土俵に着けた。大蟷螂《かまきり》が尻を無様に上げた恰好《かっこう》に見えなくもない。

山王は尻っぺたを土俵の砂に着けるほどに腰を下ろして、腰高の一松を、

にたり
と笑って見た。

「相撲を知らんな」

山王が一松だけに聞こえる声で洩《も》らすと、行司の軍配が翻《ひるがえ》った。

低い姿勢の山王は一松の動きを確かめるようにゆっくりと腰を上げた。

一松は中腰の構えのまま両手を挙げ、左手で突きかける構えを見せた。

得たり
と山王が伸びてくる一松の左手を下から押し上げ、内懐に入り込もうとした。

一松の右手が翻ったのはその瞬間だ。

張り手が動き出そうとした山王の左顎《あご》に、
がつん！

と小気味のいい音を立てて決まり、山王の小太りの体が横手に、土俵の下まで吹っ飛んだ。

土俵の周りで悲鳴を上げたのは江戸相撲の力士らだ。

見物の衆は最初なにが起こったか分からないまま両目を瞬《また》かせ、山王が土俵下に落ちて脳震盪《のうしんとう》を起こしている姿に、

わあっ
と歓声を上げた。

地元の押送り船の漕《こ》ぎ手である千吉が足の骨を折られた直後に、一松が仕返しをしてくれた恰好だ。

「いいぞ、お侍！」

「江戸相撲なんてやっちまえ！」

無責任な声が飛び、一松は勝ち名乗りを受けた。

二人目の力士は見事なあんこ型で、年も二十三、四と伸び盛りの相撲取りだった。

「そなた、名はなんと申される」

行司が一松に訊いた。

「大安寺一松」

「ならば四股名《しこな》は大安寺だ」

と言うと、

「西、大安寺」

軍配を返して、

「東、十両三枚目赤城《あかぎ》山」

と二人を見物に紹介した。

赤城山は、ぱんぱんに張った丸い顔に埋まった細い目で一松の動きを注視していた。

互いに腰を下ろしあうと、一松は充分に腰を下ろした。それを見た赤城山は得意のぶちかましの後、両《もろ》ハズにあてがい押しに徹することを決めた。

「はっけよい」

行司の声に一松と赤城山は同時に立ち上がり、赤城山は低い姿勢で思いきりのいい踏込みを見せた。だが、一気に押し込もうと頭を下げ過ぎて一松の変化を見落とした。

長身の一松は体を左に開くと、突進してきた赤城山の肩口に右手を軽く触れた。それだけで赤城山は真一文字に土俵の外へと飛び出していった。

「西、大安寺！」

二回目の勝ち名乗りにも一松は平然としたものだ。

土俵下では赤城山の頰《ほお》げたを羽織《はおり》を着た親方の一人が張り飛ばし、

「黒潮《くろしお》、そろそろ本職の面目《めんぼく》を立ててこんかい」

と三人目を鼓舞《こぶ》した。

十両と幕内を場所ごとに上がり下がりする黒潮は筋肉質で両の肩が大きく盛り上がり、その上に剛毛が針を逆さに植え込んだように生えていた。

黒潮は赤城山より老練《ろうれん》な感じがした。

身丈がほぼ一松と同じく六尺二寸ほどか。

二人が土俵で睨《にら》み合うとなかなかに壮観《そうかん》だった。

「大安寺、遠慮は無用だぜ!」

「土俵下に針千本《はりせんぼん》を突き飛ばせ!」

見物が沸《わ》き、二人は蹲踞の姿勢から睨《にら》み合いに入った。

「まだまだまだ」

と行司が両者の呼吸を合わせ、巧妙《こうみょう》にも黒潮が立ちやすいところで軍配を、さっと引いた。

今度は両者同時に立ち上がり、互いに突っ張りの応酬《おうしゅう》となった。

黒潮の突っ張りは回転鋭く連射が利《き》いた。

一松は黒潮ほどの、両手交互の目まぐるしい突っ張りは出せなかった。だが、伸びのよい突っ張りで黒潮の喉輪《のどわ》に確実に当たった。

西も東も一歩も引かず、土俵中央で意地の張り合いになった。

一松の顔も黒潮の顔も見る見る赤く染まった。

黒潮の口から、

うおおっ！

という唸《うな》り声が一松を威嚇《いかく》するように響き、一歩踏み込んで利き腕の右に精魂《せいこん》込《こ》めて突き出した。そいつを一松の左が払い、右手が黒潮の踏み込んできた喉元に、

すぱっ

と突き刺さり、肘《ひじ》が伸びた。

黒潮の腰が、がくんと落ち、両膝《りょうひざ》から土俵に崩れた。

松原明神社の境内《けいだい》を揺るがす大歓声が響いた。

江戸から東海道筋巡業に出てきた江戸相撲の面々は顔面蒼白《そうはく》だ。

小田原興行の勧進元である羽織姿の男が土俵に上がってきて、一松の耳元に囁《ささや》いた。

「お侍、本職の面子《めんつ》もあらあ、そろそろ負け時だよ」

「五両はどうなる」

「次に負ければ二両でどうだ」

「約定《やくじょう》は五両だ。五人抜きで頂戴する」

「お侍、本職がその気になったとき、ちょいとばかり力持ちの素人相撲なんぞは土俵に叩き付けられて殺されるよ」

「覚悟の上だ、五両を用意しておけ」

土俵下では、ゆらりと小結の大嶽岩五郎が立ち上がった。

「関取、小結は結びに決まってますよ」

と土俵下に下りた勧進元が大嶽を見上げていった。野太い声がなにか答え、勧進元が、

「いいのかえ、四人でさ」

「大嶽で仕舞いにするでごんす」

その言葉を聞いた勧進元が土俵の端に上がり、

「見物の衆に申し上げます。本来なれば五人抜きで五両の褒賞のところ、小結大嶽岩五郎関の申し出により、四人打ち止めにございます。西方の大安寺が勝てばこれにて五両は進呈することに相成りました。東西東西、本日江戸相撲とご当地の素人衆の結びの一番にございます」

わあっ
という大歓声が松原明神社の境内を揺るがし、小田原宿に響き渡った。すると旅籠に投宿して夕餉《ゆうげ》を待つ旅人たちなどが歓声に誘われて神社の相撲場に押し掛けた。

「ほう、相撲にごわんど、朋輩《ほうばい》」

「ちと見物ばしもっそ」

「小田原泊まりでごわんさ、よかんが」

江戸に勤番で出る途中の二人の薩摩藩の武士が見物の人々を掻き分け、

「わいどま、道ば開けんか」

と強引に押し分けた。

「なんだい、お侍。こっちだって見物だぜ。後から来て前に行こうなんて魂胆《こんたん》が汚ねえぞ」

「せわしか。魂胆が汚なかち武士に向かって吐いやったな、ぶっ殺しちくれん。そんに直れ」

かたちばかり刀の柄《つか》に手をかけた一人に、

「はいはい。相撲見物で斬《き》り殺されてもたまらないよ。どうぞ前に行って下せえ」

「遠慮のう通いもそ」

「なにが通いもそか、薩摩の芋侍《いもざむらい》」

と小さな声が薩摩絣《がすり》の背に届いた。

「なん、薩摩の芋侍ちゅいもんしたな、勘弁でけん」

と振り向こうとすると周りから再び大歓声が上がって、

「座れ、座れ。大一番が始まるぞ！」

という声に薩摩侍もその場に腰を落とした。

一松は初めて自分より大きな男を見た。

身丈はせいぜい一、二寸の差だろう。だが、体の大きさが二倍はありそうに思えた。それに大きく角ばった顔が一松を威圧した。

一松は大嶽岩五郎の、のっしのっしという歩き方に注目していた。力はありそうだが、敏捷《びんしょう》性には欠けていると推測した。

「そなた、江戸相撲でほんとうに小結を張っておるのか。体が大きいゆえ田舎廻りで小結に格上げされたか」

「侍、わしが偽小結と抜かしたな」

「怒るところをみると図星のようだな」

「素人相手に本気も出せんと思うとったが、その大言許せんでごんす」

一松と大嶽が睨み合うと、さすがの土俵も小さく感じられた。

その睨み合いに、わあっ、と見物が沸いた。

行司が二人の間に割って入り、一旦土俵の外に二人を出した。

一松は空腹を感じた。そこで土俵の隅にあった水を飲み、塩を口に含んで空腹を一時忘れさせた。

「西、大安寺一松」

と一松を差した軍配をくるりと東に回し、

「東、江戸相撲小結大嶽岩五郎」

と呼び出しを兼ねて見物に紹介し、土俵に改めて呼び戻した。

「頑張れ、大嶽！」

「負けるな、大安寺！」

と見物がほぼ二分して二人の力士に声援を送った。

「見合って」

行司の声に一松は先に腰を下ろした。

捕まれば大嶽に投げ飛ばされるのは分かっていた。

「先手必勝」

立ち上がりの一発にすべてを賭《か》ける、これが一松の考えた策だった。

大嶽岩五郎が腰を悠然と下ろした。だが、行司は大嶽がまだ拳《こぶし》も砂に突かないうちに、

「はっけよい」

の声を上げ、阿吽《あうん》の呼吸で行司の意を汲《く》んだ大嶽が怒濤《どとう》のぶちかましを一松に見舞おうとした。

その動きを一松は察していた。

大嶽の左斜めに飛ぶと長い右足で、
さっ
と大嶽が踏み出そうとした左足の内側を蹴手繰《けたぐ》った。
どどっ
と大木が前倒しに倒れ込み、大嶽の大きな顔が砂に埋まった。
わわあわっ
嵐が岩場にぶち当たるような歓声とも絶叫ともつかぬどよめきが松原明神社の境内に響き渡り、それが小田原城の天守閣まで立ち昇っていった。
行司も呆然自失《ぼうぜんじしつ》として軍配を上げようともしなかった。
大嶽がよろよろと砂塗《まみ》れの体で立ち上がった。
「ほんとに小結かよ、素人に倒されて面目ねえぞ！」
「江戸に帰れ、帰れ！」
と怒声を浴びてすごすごと土俵下に下りた。土俵下の相撲取りや親方らが血相を変えて騒然《そうぜん》としていた。
「行司、なにしてんだよ、勝負はあったぜ！」
見物の声に行司が土地の勧進元の顔色を見て、それでも、

「西、大安寺一松の勝ちにございます」

　と軍配で蹲踞の姿勢の一松を指した。

　一松がにたりと笑って立ち上がると、土俵下から逃げ出そうとする勧進元相模屋《さがみや》狗右衛《いぬえ》門《もん》の羽織の襟首《えりくび》をむんずと摑《つか》み、宙吊《ちゅうづ》りにした。

「約定の五両、頂戴しようか」

「て、手を外してくれ、おろしてくれ」

　足をばたつかせた勧進元が苦しそうに叫んだ。

「逃げるでないぞ。その時はそっ首へし折る」

　一松に睨まれた勧進元が、

「逃げはしないよ」

　と虚勢を張った。

　一松が手を差し出した。

「な、なんですね」

「褒賞の五両を出せ」

「おまえさんは四人しか相手にしていませんよ」

　と必死に抗弁を試みる勧進元に、

「狗右衛門の旦那、皆が聞いてんだよ、往生際が悪いぜ」

と千吉の仲間が一松の長船兼光と木刀を肩に担いで言った。木刀の先には一松の衣服が吊るされてあった。

その様子を大勢の見物衆が見守っていた。

「は、払いますよ。払わないとは言ってませんよ」

と勧進元の相模屋狗右衛門がようやく懐《ふところ》から、本来は見せ金で終わるはずの五両を突き出した。

「ありがたく頂戴した」

一松は五両を口に咥《くわ》え、急いで自分の衣服を身に纏《まと》うと褌を外した。自分の下帯を締める余裕はない。それを丸めて懐に突っ込み、長船兼光を腰に差し戻して落ち着いた。口の五両を手にとった。

「お侍、驚いたぜ。ほんとうによ、千吉の仇を討ってくれたな」

仲間の漁師が感心したように顔を横に何度も振った。

「千吉は医師のところだな」

「おお、当分船にも乗れめえ」

一松は五両のうち二両を差し出した。

「なんだい、お侍」

「千吉の治療代の足しにせよ」

仲間の男がぽかんとした顔をした。

「お、お侍、いいのか」

「骨がつながるまでには時が要《い》ろう。そなたが言うように押送り船に当分乗れまい。届けてくれるか」

「承知した」

一松は二両を渡すと木刀を受け取り、肩に担ぐと悠然と花道を引き上げていった。その姿に、

「よう、千両役者！」

「違わい、日《ひ》の下開山《したかいさん》大安寺一松関！」

の声がかかり、一松は内心、

「どんなものだ」

という気持ちに襲われたが、顔はにこりともせず見物の輪の外に出ようとした。

「あんわけもん、強えか」

「よかにせどんじゃっど」

と江戸に向かう二人の薩摩藩の武士が言い合った。

「なんばして革の草鞋ば柄に下げちょいな」

二人が首を捻《ひね》り合うその頃、一松は参道に出て、ほっと一息ついた。

「もうし」

とその一松に声がかかった。

振り向くと土地の者と思える爺様と、孫娘と思える二人が畏敬《いけい》の目で一松を見ていた。

孫娘は伸びやかな肢体をしていたが爺様は小柄だった。

「用事か」

「大安寺様、今宵の宿はお決まりにございましょうか」

と年寄りが訊いた。

「老人、それがし、最前まで一文《いちもん》なしでな。この数日、まともに飯も口に入れておらぬ。決まった宿があるものか」

「驚きました。何日も飯も食べずに江戸相撲の連中を土俵に這《は》わされたか」

「こっちも必死でな」

「ならばうちにお泊まり願えませぬか」

一松は相手の必死な様子に関心を持った。

「老人、そなた、酔狂《すいきよう》でそれがしに一夜の宿を提供なされようというのか。それともなんぞ曰《いわ》くがあってのことか」

「お頼みがございます」

と老人が険《けわ》しい表情に変えた。

「頼みがあってのことなれば、こちらも気が楽じゃあ。遠慮のう造作に与《あずか》る。ただしそれがしにできることか、この場で確約はできぬ」

「大安寺様、それで結構にございます」

と答えた年寄りが、

「私はこの宿場の御馬宿の隠居《いんきよ》万屋長右衛門《よろずやちようえもん》、これにおるのは孫娘のお初《はつ》にございます」

と言うと十七、八の孫娘が、一松に初々《ういうい》しくも恥ずかしそうに頭を下げた。

一松は懐から下帯の端が覗いているのに気付き、慌てて懐に突っ込んだ。

三

一松は長右衛門とお初に案内されて浜手《はまて》門の前を通り、町屋に入っていった。

「万屋のご隠居、お初さんとお宮参りかね」

とすぐに「島本屋《しまもと》」と看板のかかった旅籠から番頭が声をかけてきた。三人連れの旅人が土間で濯《すす》ぎ水を使っていた。二階から賑《にぎ》やかな騒ぎ声が響いてきた。明日の山越えの無事を祈って早酒盛りをする連中だろうか。

「おや、正蔵《しょうぞう》さん、今日も千客万来《せんきゃくばんらい》でなによりですね」

と長右衛門が応じて東海道の辻《つじ》に出た。

高札場《こうさつば》だった。

土地の人か、高札場の触《ふ》れを読む人がいた。

小田原宿は江戸から来ると酒匂川を渡り、江戸口見附《みつけ》に入る。鉤《かぎ》の手に曲がりつつ両側町の町並みを進むと一松らが立つ高札場に差しかかる。

「四品、定鑑ノ間詰、大久保加賀守十一万三千百二十九石、上屋敷増上寺《ぞうじょうじ》海手」

と『細見《さいけん》』に紹介される小田原宿のど真ん中にいきなり出た。

一松は江戸口見附の方角から九十五軒の旅籠が並ぶ賑わいを見た。江戸を出た旅人が最初に足を止める城下町であり、西の守りとして譜代《ふだい》の大久保家に箱根関所警護の重責が任されていた。

一松が箱根の方角に視線をやると、

「大安寺様、小田原は初めてにございますか。長さ二十余町の宿外れが上方口《かみがたぐち》見附《みつけ》、その先は早川《はやかわ》沿いに箱根の峠道に差しかかります」

　と物珍しそうに通りを眺める一松を長右衛門が見た。

「初めてではない。箱根の山は馴染《なじ》みでな、それがしの師が眠っておられる」

「師と申されますと」

「剣術の師だ」

　一松は江戸を抜け出たとき、考えもなく東海道を選んだが、

（菩提《ぼだい》心が湧いてのことか）

　と自分の心に潜む気紛《きまぐ》れに気付いて驚かされた。

「大安寺様は箱根にて剣の修行をなされたのでございますか」

　長右衛門が驚きの目で見上げた。

　なにしろ一松と長右衛門の背丈の差は一尺（三〇・三センチ）以上、長右衛門は一松の肩の高さほどもない。なんの気苦労もなさそうな隠居の頭髪は真っ白で小さな髷《まげ》を後頭部で結わえていた。

　一松は漂泊《ひょうはく》の剣術家愛甲喜平太高重《あいこうきへいたたかしげ》に箱根山中で出会い、薩摩示現流を手解《てほど》きされ、師が病に没《ぼっ》した後も独り稽古《けいこ》を続けたのだ。

「三冬弾正ヶ原に籠《こも》り、ひたすら棒を振り回しておった」

「いつのことにございますか」

「何年前になるか、遠い昔ではない」

一松は身に起こった激変に時の流れを摑めなかった。

「お待ち下さい。今から三年も前、箱根山に天狗《てんぐ》が出るという噂《うわさ》が宿に流れてきたことがございました。大安寺様でございましたか」

長右衛門が畏怖《いふ》の眼差《まなざ》しで一松を見て、得心したように大きく頷いた。

小田原宿にある片岡《かたおか》本陣には上方御用《かみがたごよう》か、大身旗本一行が到着したようで本陣の主が羽《は》織袴《おりはかま》で出迎えていた。その主が長右衛門に気付き、

「ご隠居、山田奉行《やまだぶぎょう》に就かれ、伊勢《いせ》に参られる一ノ木《いちのき》壱岐守《いきのかみ》様御馬二頭を連れていきますでな、お世話を頼みますぞ」

「承知しました」

本陣のわずか二軒隣が御馬宿万屋の店だった。

小田原を通過する百四十家の大名行列や遠国《おんごく》奉行として赴任する旗本諸家の御馬を一晩預かり、世話をするのが万屋の仕事だ。本陣などと密接な連携が必要な武士相手の商いだった。

そのせいで万屋は間口も広く、店の前には馬繫《つな》ぎもあった。広い土間の西隅から御厩《うまや》

のある裏庭へと通じる三和土廊下《たたきろうか》が設けてある。

荷馬や農耕馬を扱う商いではない、御三家尾張《おわり》、紀伊《きい》藩を始め、薩摩七十七万石の参勤交代の乗馬を扱うのだ。万屋の店先からその風格が窺《うかが》えた。

板敷きの上がり框《かまち》に腰を下ろして、黒羽織道中袴《どうちゅうばかま》を着た御厩方が茶を飲んでいるのが見えた。どうやら万屋では厩番の侍を泊める座敷もあるようだ。

「ご隠居、お初様、お帰りなさいませ」

と番頭が二人を迎え、木刀を担いだ一松を啞然《あぜん》と見上げると、

「こちら様は」

と長右衛門に訊いた。

「親蔵《しんぞう》、お客様です、当分逗留《とうりゅう》なされます」

と長右衛門は番頭に言いおくと、

「大安寺様、ささ、こちらへ」

と三和土廊下を奥へと案内した。

馬が通る三和土廊下だ。幅も広ければ天井も高く、六尺三寸を超えた一松も悠々《ゆうゆう》と抜けられた。

薄暗い通路には寒さと馬の臭《にお》いが漂っていた。

「初めてのお方には生き物の臭いが鼻につきましょうな」

と長右衛門が気にしたが、大名家の屋敷で中間の子に育った一松には馴染《なじ》みの臭いだ。

「おい、だれかおらぬか、濯ぎ水を持ってきてくれませぬか」

と内玄関で叫ぶ長右衛門に、

「隠居、井戸端を教えてくれぬか、気が楽でな」

「爺様、お初がご案内申し上げます」

と孫娘が一松を裏庭へと案内していった。

広い裏庭には大きな井戸が二つ掘り抜かれていた。一つは万屋の使い水、もう一本は御馬様の使う井戸で、大勢の奉公人と馬に従ってきた御厩番が馬の飲み水などを汲《く》んで馬の世話をしていた。

一松は肩に担いでいた木刀を井戸端に立てかけ、腰の長船兼光と脇差を抜いた。

「大安寺様、お刀に下げられた革の草鞋はなんのためにございますか」

「それがし、江戸所払いになった身でな、江戸に住むことは叶《かな》わぬ。だが、草鞋を履いておればお目こぼしになる。そんなことを知り、浅知恵で結び付けたのが始まりよ」

と苦笑いした。

「まあ、なんというお知恵でしょう」

お初は平然としたものいいで言った。

「大安寺様、足だけをお濯ぎなされ。あとは湯殿にて体をお洗い下さい」

「心配無用、井戸端で水を被《かぶ》らせてくれぬか」

「まだ寒うございます」

「なんのことがあろうか」

一松に湯などに浸《つ》かる気がないと考えたお初は、

「お刀を奥へお持ち致します、よろしゅうございますか」

と許しを乞《こ》うた。

「すまぬ」

万屋では御馬と一緒に武家も泊めるせいで、作法を心得たお初が着物の袖の上に大小を載せて、

「ただ今手拭《てぬぐい》と着替えをお持ちします」

と言い残し、井戸端から消えた。

一松は釣瓶《つるべ》で水を汲み上げ、丈の短い木綿《もめん》の袷《あわせ》を脱ごうとして、下帯をしてないことに気付いた。帯を解《ほど》くと下帯を締め直す。

褌《ふんどし》一丁になって釣瓶から水を被り、相撲で掻いた汗を流した。何杯も被るうちに髷を

結んでいた藁《わら》が解けて、ざんばら髪になった。冷たい水が心地《ここち》よく感じられるようになった頃合、人の気配がした。

「こりゃ、隠居が言われるとおり仁王《におう》様じゃな」

女の声に振り向くと、万屋の女中か、立派な体格の年増が褌一つの一松を悠然と見ていた。その両腕に手拭、下帯、浴衣《ゆかた》が持たれていた。お初の指図であろう。

「おまえさん、これに着替えなせえ。汗臭い袷は洗濯しておくでな、下帯も脱いでおいときなせえよ」

お初が命じたか、女中は一松の袷を摘《つま》み上げ、さっさと台所と思《おぼ》しき戸口に消えた。

一松は手拭で全身を擦《こす》り上げるように拭《ふ》くと新しい下帯をして、浴衣を纏った。裾は膝下までと短かったが、気分はさっぱりとした。

木刀を手にした一松を隠居の長右衛門が座敷で待ち受けていた。床の間の刀掛けには長船兼光と無銘の脇差が見えた。

「さっぱりさせて貰った」

「ただ今夕餉《ゆうげ》の膳を用意させますがな、大安寺様は酒《ささ》を召し上がられますな」

「あれば飲む。なければないで差し障りはない」

「その体です、さぞ大酒でございましょうな」

長右衛門が手を叩こうとした。

「あいや、隠居どの。その前に隠居どのの用事を伺おう、その方が落ち着く。それがしの手に余るとあれば、ちと慌《あわただ》しいがこのまま辞去致す」

「そ、それは困ります。大安寺様なればきっと私どもの願いを聞き届けて頂けます」

「話を聞こう」

「分かりました」

と答えた長右衛門はお初を呼び、こちらから呼ぶまで座敷にだれも通してはならぬと命じた。

お初が頷《うなず》いて去った。この家にはお初の他に女の家族はいないのか、だれも顔を見せなかった。

「お初の母親についての話にございます」

「そなたの娘御か、嫁女かな」

「実の娘にございます」

一松は頷いた。

「延宝《えんぽう》四年（一六七六）の夏のことでございました。うちに御馬預《おうまあずかり》の鵜塚八兵衛《うつかはちべえ》様ご一行が投宿なさいました。ご存じのように将軍家の御乗馬から幕府の用馬、馬具諸々を司《つかさど》る御役目にございます」

御馬預は若年寄《わかどしより》支配下、二百俵高に御役料十五人扶持《ぶち》が支給され、焼火の間詰だ。直参《じきさん》旗本としてはさほど身分が高いものではない。だが、馬に習熟しておらねばならず、そのため御役目は世襲《せしゅう》とされた。また将軍家の愛馬を管理する役目ゆえ、

「お上の御馬」

の威光《いこう》を笠《かさ》に着て、町中でわざと無理無体を仕掛ける者もいた。それだけに扱いに困る職掌といえた。

「飛驒《ひだ》に四代家綱《いえつな》様の御愛馬を受け取りに参られる道中でございました。うちでは粗相があってはならぬと必死の接待を務めました。鵜塚様の世話をしたのは婿《むこ》を迎えたばかりの娘のお保《やす》にございました。鵜塚様は先代がお亡くなりになり、御馬預になったばかりの十九歳の紅顔《こうがん》の若武者でございました。お保も二十歳、親の贔屓目《ひいきめ》で申すようですが、顔立ちの整った娘にございました」

長右衛門が言葉を切り、小さな溜息《ためいき》を吐《つ》いた。

「男と女、どのようなことがあったのか、親の私も婿の栄太郎《えいたろう》も気付きませんでした。翌朝、鵜塚様ご一行は箱根に向かって出立していかれた。帰路は中山道とお聞きしておりました。それが十数日後、家綱様の御愛馬二頭を携えてまたお立ち寄りになられました。そ

の夜も夕餉の接待をお保が務めました。栄太郎は家綱様の御馬の世話をみるために厩《うまや》で一晩過ごしました。一方、鵜塚様は、寝所にお保を留めおいたのでございます」

「なんと」

「それを知った私はなんとかお保を座敷から呼び戻そうと致しましたが、お保は御馬預のご機嫌を損じては後々うちの商いに差し支えると申し、ついに一夜を鵜塚様と共にしたのでございます。いえ、お保にも鵜塚様を憎からず思う気持ちがあってのことでございますよ。迎えた婿の栄太郎は実直そのもの、江戸のお武家様に比べれば野暮《やぼ》ったいのは致し方ないところにございましょう。当然、そのことは栄太郎の知るところになりました。だが、相手が相手、なにも申しませぬ。それをよいことに鵜塚様は、家綱様御愛馬休息の名目で三日ほどうちにお泊まりになり、お保と過ごしました。一行が小田原を発《た》った後、私は栄太郎を呼んで、これまでどおりお保と仲良く暮らせぬかと因果《いんが》を含めたのです。それが今になってみれば万屋に禍根《かこん》を残すことになりました」

「新たになんぞ起こりましたか」

「お保が身籠《みごも》ったというのです。私は当然栄太郎とお保の子と思い、うちに跡取りが出来た、これであの悪夢のような記憶も薄れようと思いました。だが、栄太郎に訊くとその覚えがないという。お保が鵜塚様と過ごした夜以来、閨《ねや》を共にしたことはないというのです」

「鶉塚とお保どのの子か」

「はい」

と答えた長右衛門は、

「うわべは栄太郎の子を身籠ったことにして、産み月を迎えたのでございます」

と重い溜息を吐いた。

一松は思いもかけぬ話に、長右衛門の頼みとはなにか考えつかないでいた。

「大安寺様、神様はすべて見ておられました。初産のお保はお産に苦しみ抜いて、女子を産み落とすと息を引き取りました」

「その赤子がお初どのかな」

「さようにございます」

長右衛門は苦悩の表情を浮かべた。

「私は栄太郎に新たに嫁を迎えさせようと何度か試みました。だが、普段は私の言うことを黙って聞く栄太郎が、もう嫁を迎えることは致しませんと聞き入れませぬ。そして、お初は自分とお保の子ゆえ、しっかりと育てたいというのでございますよ。奉公人の何人かはお初が栄太郎の子ではないと察した者もいたでしょう。私が睨《にら》みを利かせておりましたから、このことが外に洩れることはございませんでした。お初が成長しても栄太郎の面影は全くございません。おそらく近所もそのことに気がついていることと思います。だが、お保も死んでおりますしな、なにも申す人はおりません。今から五年前、私は栄太郎に跡目を譲り、隠居いたしました。お初も栄太郎を父親と敬い、この秋には本陣の清水《しみず》家の次男坊と祝言を挙げることになっております。ええ、清水家の小次郎《こじろう》さんがうちに入って万屋を継ぐことが決まっております」

「それは目出度《めでた》い」

ふうーっ

と長右衛門が息を一つした。

「その矢先、江戸の鵜塚様より手紙が舞い込みました。木曾《きそ》へ綱吉《つなよし》様の御愛馬を受け取りに参る帰路、小田原宿に立ち寄るというのです」

「鵜塚はお保どのが亡くなったことを承知しておらぬのか」

「承知しておりました」

「ならば此度はなんの問題もなかろう」

長右衛門が首を横に振った。

「鵜塚様はお初が自分の娘と承知しておりました」

「お保が私どもに黙って江戸に知らせていたのでございます。ひょっとしたらお保はお初を産んだ後、江戸に行くつもりであったかもしれませぬ。わが子ながら呆《あき》れ果てた娘にございます」

「なぜじゃあ」

「……」

「うちの婆様はお保が死んで三年後に娘の不行跡を悔いながら亡くなりました。今や万屋の女はお初だけにございます。大事な宝にございます」

一松はようやく万屋の女がお初だけなのを納得した。

「鵜塚様は文で、『鵜塚家には娘がおらぬゆえお初と親子の対面をなし、江戸に連れていく』と勝手なことを書いて来られたのでございます」

一松はようやく長右衛門が抱える悩みを理解した。

「大久保家に相談致す人物はおらぬか」

「死んだお保の不行跡を大久保様のご家中にお知らせするのでございますか。もし、それをなしたところで鵜塚様の行ない、われら大久保家が小田原に再入封する前の騒ぎと一蹴《いっしゅう》なされましょう。それでなくとも御馬預と事は構えたくないと考えておられるに相違ございませぬ」

一松は窮《きゅう》した。

頼み事とは一松が想像もしなかった一件だった。

「鵜塚八兵衛は三十五、六か。もはや思慮分別《しりょふんべつ》を備えておろう」

「それが聞こえてくる噂は芳《かんば》しくないものばかりにございます。お保の一件で味をしめたか、将軍家御馬預の身分を巧《たく》みに利されて、江戸でも無理難題を言いかけては金子《きんす》を強要することなど枚挙《まいきょ》にいとまがないとか。ましてただ今の綱吉様は生類憐《しょうるいあわれ》みの令を布告なされた上様、その御愛馬を盾《たて》に因縁《いんねん》をつけられたら抗しようもございません」

「呆れ返った次第かな」

「大安寺様、鵜塚様は此度の木曾行きで往路は中山道、復路は東海道を使い、宿場宿場でなにかと揉《も》め事を起こしては金銭を集めておられるという噂も聞こえて参りました」

「隠居、そなた、この一松になにをさせようというのだ」

「大安寺様は天衣無縫に生きておられる方とお見受け致しました。もし、鵜塚様のご一行が小田原を避けて通ることができるならばうちは助かります」

と言い切った長右衛門は、

「失礼ながらここに五十金を用意させて頂きました」

とすでに懐に用意していた袱紗《ふくさ》包を一松の前に差し出した。

一松はちらりと袱紗に目を落とした。

「いつ鵜塚は箱根越えを致すか見当がつくか」

「今宵は蒲原《かんばら》泊まり、明日は三島、明後日には小田原へ姿を見せまする」

と長右衛門は箱根の向こうにも目を光らせていることを告げた。

（さて、どうしたものか）

と一松は迷った。

「江戸から知らせがあって以来、私は小田原の総鎮守松原明神社でお百度参りをしてきました。大安寺一松様を相撲場でお見かけしたのも松原明神社の御加護、大安寺様にお引き合わせいただいたと思うております。万屋の危難を取り除いてくださる方は大安寺様しかおられぬと声をかけた次第にございます」

「事情は分かった」

と答えつつも、相手は御馬の威光を笠に悪さを繰り返す御馬預か、相手としてはいささか不足かな、と一松は考えた。すると、

「大安寺様、鵜塚様は一刀流の免許持ちの腕前とか。じゃが、せいぜい御馬預の余技にございましょう、近頃、鵜塚様には林崎無想《はやしざきむそう》流居合《りゆういあい》の与野精兵衛《よのせいべえ》と申す達人が後ろ盾でついておるそうです。この人物、非情にして冷酷なそうな」

と長右衛門が迷う一松の顔を覗き込んだ。

しばし沈思した一松の返事がこれだった。

「隠居、馬の世話をする奉公人を借り受けたい」

四

翌未明、一松は万屋の裏手の砂浜にいた。
寝巻きの肩に木刀を担いだ姿だ。
波が相模湾の沖合いから砂浜に押し寄せ、さらさらと引いていく。
視線を転じると沖合いに初島《はつしま》がおぼろに浮かんでいた。
早川河口の沖合いに突き出た岩根に当たって、
どどーん
と音を立てて砕《くだ》け散る波頭が月光に青白く光っていた。
一松は木刀を砂に立て、寝巻きと草履《ぞうり》を脱ぎ捨て、下帯一つになった。
浜から宿場を見た。松林の闇でなにかが動く気配を見せ、一松が、
「馬鹿めが」

と呟《つぶや》いた。

小田原宿は眠りに就いていた。あと半刻（一時間）もすれば旅籠が起き出し、旅人たちも追い立てられるように朝餉を食して、箱根の山越えや酒匂川渡りへと向かう姿が見られることになる。

視線を再び海に戻した。

立てていた木刀を抜いて上段に突き上げた。

波の砕け散る音に抗して一松の口から気合が洩《も》れた。腹の底から搾《しぼ》り出された声は、潮《しお》騒《さい》を突き抜けて相模の海に広がった。

けええっ！

怪鳥《けちょう》にも似た叫び声を残して一松は走り出した。足首まで埋もれる砂をものともせず、押し寄せる波に向かって突進した。

月光に波が押し寄せてくるのが見えた。

褌一つの一松の体が沈み込み、虚空へと高く舞い上がった。

波が砂浜に刻《きざ》んだ一松の足跡を消した。

その瞬間、一松の足は高みへ三尺（九〇センチ）ほど離れ、その両足が後ろへと跳ね蹴られ、突き上げられていた木刀が背を叩き、その反動を利するように相模灘へ向かって大きくも鋭く振り下ろされた。

ちぇーすと!

潮の香りを含んだ薄闇に雷《いかずち》が走った気配があった。

木刀が真一文字に振り切られた空間に楔《くさび》形の真空が生じた。波動が四周の浜に電撃的に拡散した。

木刀を握る一松の掌《てのひら》に軽やかな感触が伝わり、

すぱっ

と大気を斬り分けた。

一松の両眼が見た。

海が二つに裂けて左右に広がり、一松の網膜《もうまく》に海底が映じた。

どさり

一松の巨軀《きょく》が波の消えた海底に下り立ち、次の瞬間には左右から波が押し寄せてきて、一松の体を包んだ。

腰まで沈んだ一松の体をさらに大きな波が襲いかかった。

ええいっ!

一松の体は再び虚空に跳躍し、数間も離れた海面に着水した。

見物人がいたら、人間が動き暴れる様とは信じられなかったであろう。

砂地から海、海から浜辺、さらには岩場に走って飛び上がり、飛び下りた。

その動き、敏捷《びんしょう》にして変幻《へんげん》、次の行動が予測もつかなかった。跳躍し、着地する間も師の形見の木刀を振り下ろし、横手へ流し、突き上げた。

もはや一松の脳裏にはなんの雑念もない。ひたすら自らの肉体を苛《いじ》め抜くことしか念頭にない。


昨夜、万屋長右衛門との話し合いを終えた一松の前に三つの膳と酒が運ばれてきた。そして、当代の万屋の主、栄太郎とお初の父娘が姿を見せた際、栄太郎が、

「お義父《と》っつぁんが無理を申したそうで申し訳ございません」

と朴訥《ぼくとつ》そうな顔で挨拶《あいさつ》した。

栄太郎とお初、二人が並ぶと確かに顔に似通った点は見当たらなかった。だが、互いを父と敬い、娘と思う気持ちが清々《すがすが》しくも二人の面体に溢《あふ》れていた。

「大安寺様、酒をお一つ」

と慣れぬ手でお初が一松に酒を注いでくれた。

膳部《ぜんぶ》は一松、長右衛門、そして、栄太郎ら三人のものだった。母を幼くして亡くしたお

初は万屋の女主を必死で務めようとしており、それが一松にも伝わってきた。

一松もまたお初同様に母の温もりを知らずに育った人間だった。

「大安寺様が江戸のお相撲さんを四人も負かされた話が宿場じゅうに伝わり、その話で持ちきりにございます」

お初が一松に話しかけた。娘の言葉に頷いた栄太郎もそれに応じた。

「勧進元の相模屋狗右衛門さんは明日も小田原宿で興行を打つ予定でしたが、思いがけない出来事に別の土地に相撲を連れていかざるをえないとか、旅籠には明朝の出立を告げたそうです」

さらに長右衛門も、

「箱根の天狗様が下りてきて千吉の仇を討ったのだと大安寺様の噂が流れておりますよ。大安寺様がほんとうの天狗様だということも知らんでな」

と嬉《うれ》しそうに言い添える。

「爺様、大安寺様はそうそう、天狗様でしたな」

長右衛門が得意げに説明しようとするのに栄太郎が笑って、注意した。

「お初、いつもの爺様の冗談ですよ、そなたまで悪乗りして」

と打ち消した。

不満顔の長右衛門が口を開きかけたのを一松が制して話題を転じた。

「千吉のその後の様子は分からぬか」

「奉公人に訊《たず》ねさせましたところ、押送り船の親方が指図して、藩出入りの医師石原《いしはら》了伯《りょうはく》先生の元に運び込み、治療を願ったそうですよ。先ほどなんとか折れた骨を元に戻して、添え木をしたということです。この数日、激しい痛みに悩まされましょうが、こればかりは我慢するしかございませんな」

千吉の様子をすでに長右衛門は承知していた。

「石原先生は、折れた足は治っても引きずるようなことになるやもしれぬと申されたとか」

「仕事に戻れるとよいがな」

「石原先生は骨接《つ》ぎでは知られた先生です。数年前も御城馬場で馬術の演習中に落馬した若侍が酷《ひど》く腰骨を痛めた騒ぎがございました。骨が複雑に折れていたそうです。先生はそれを一年かかって、ご奉公ができるまでに治療なされました」

「千吉もそうなるとよいな」

三人の男たちはお初に酌《しゃく》をされて気持ちよく酔い、一松は二合も頂いたところで飯にした。茶碗を丼に替えてもらい、四杯飯を平らげて満腹した。

これには栄太郎が驚きの表情で、

「さすがに江戸の相撲取りを負かされるお方ですな。お義父っつぁん、大した食欲にございますよ」

と感嘆した。

「栄太郎、大安寺様は、この数日飯を食しておられなかったのです」

「えっ、腹でも悪くしておられましたか」

「お父っつぁん、そうではないの。路銀にお困りになって、ご飯が食べられなかったのよ」

とお初が笑って説明した。

「なに、お初、腹を空かした上で相撲取りを四人も手玉に取られたというのか。これは呆れた、途方もないことですよ」

と目を丸くした栄太郎が一松を見た。

「昨夜、酒匂川を渡る前に浜に干してあった烏賊を頂戴して齧《かじ》ったのがこの三日ほどのうちで口にした食べ物らしき食べ物にござる。いや、相撲をとる前に梅の花を食してみたが、あれは不味かった」

一松の正直な告白に三人が呆れ顔で笑い出した。

「大安寺様、うちは御厩役、馬廻りと若い方ばかりが一晩に何人も泊まる御馬宿です、奉公人も大勢おります。ご飯には不自由致しません、どうか好きなだけご逗留下さい」

とお初が心から言う。

そんな心尽《づ》くしの夕餉を終え、一松が、寝に就いたのは四つ（午後十時）前のことだった。

二刻（四時間）ほどぐっすりと熟睡した一松に、溢れる英気と力が蘇《よみがえ》っていた。

一松は師の愛甲喜平太直伝《じきでん》、薩摩示現流の猛稽古を相模湾小田原の浜に打ち寄せる波を相手に半刻ほど続けた。

いつしか宿場も起き出し、早立の旅人は草鞋の紐をしっかりと結んで上方口見附へ向かい、早川から立ち昇る朝霧をものともせず箱根八里の難所に挑もうとしていた。

松林に不穏な殺気が漂うのを一松は察知した。

だが、一松の動きは止まらない。

一松にとって半刻ほどの稽古は稽古の中に入らない。

亡き師は剣術の真髄《しんずい》を、

「一松、剣はけ殺し合いじゃっど、鬼人のようにけ殺しやんせ」

と教えた。

喜平太は下士に生まれたゆえに天性の才も薩摩藩では生かせなかった。

かの国では下士は終生下士の身分が宿命だった。そこで薩摩国の外に剣の夢を託した。

だが、永年の放浪と修行も無益だった。愛甲喜平太の天賦《てんぷ》の才と厳しい修行の成果を世間は認めようとはしなかったのだ。

愛甲喜平太は箱根に庵《いおり》を構えて生涯を終えようとしていた。喜平太が放浪した末に見出した答えがこれだった。

一松の五体にもその教えが染みついていた。

高名な剣術家が秘伝書に記す、飾られた剣の奥義は、一松には無縁のものだった。

「勝つか負けるか、生きるか死ぬか」

剣が表現し得る唯一無二のものと信じていた。

松林に砂混じりの風が吹き付け、ざわざわと松の枝を揺らした。すると折れ櫂《がい》や刀や鉄《かな》棒《ぼう》を持った相撲取り十数人が姿を見せた。

中には綿入れに羽織を着て大小を差した者も二、三人混じっていた。

勧進元の相模屋狗右衛門や親方の姿もあった。

一松は動きを止めて松林を見た。

東海道に沿って宿場が東西に長く広がり、その背後から畑と田圃《たんぼ》が薄く延びている。さらに松林が海との間を塞《ふさ》いでいた。

松林の上にうっすらと小田原城の天守が聳《そび》えているのが朝の光に見え始めた。

「なんぞ用事か」

一松の問いかけに狗右衛門が指を突き出し叫んだ。

「おまえを打ちのめさねば腹の虫が納まらぬ。このままではどこへ行っても人も集まらんでな」

「相撲取りが衆を頼んで仇《かたき》討ちにきたか」

海を背にした一松を半円に囲んだ面々に山王、赤城山、黒潮、大嶽岩五郎らの顔があるのを見た。

山王は鉄棒を、赤城山は角材を、黒潮は折れ櫂を握っていた。さすがに紋付黒羽織の大嶽は素手だ。だが、腰に派手な拵《こしら》えの刀を差し、柄に片手をおいていた。

「物々しいな、大嶽関」

「勧進元の頼みにごんす、われのど頭《たま》を叩き潰して旅興行に出るでごんす」

「やめておけ。おめえらは本職の相撲でおれ一人に砂塗《まみ》れにされたんだぜ。ましてや棒だの刀だのを振り回しての戦なら、この大安寺一松様が何枚も上だ。恥の上塗りになる、もう当分東海道筋では稼ぎになるまいぜ」

「抜かせ！」

　山王が鉄棒を振り上げた。

　大嶽ら関取が羽織を脱ぐと、綿入れの裾を捲《まく》って帯に挟み込んだ。

　褌一つの一松は、相手が喧嘩《けんか》仕度を充分に整えるのを待った。ようやく相撲取りらが仕度を終えた。

　そのとき、漁師らが松林から姿を見せた。浜から海に船を下ろして漁にいく刻限だった。

「なんだ、ありゃあ」

「相撲取りだぜ、褌一丁の大男を囲んでやがる」

「相撲を抜けようとした新弟子に折檻《せっかん》でもしようというのか」

「いいんや、違う。ありゃあ、昨日の賭け相撲に勝った大安寺一松様だ。相撲取りどもが大勢で仇を討とうとしているんだ」

「一人に大勢かかって卑怯《ひきょう》でねえか。あの方は千吉の仇を討ってくれたお方だぜ」

「そうだがよ、大勢の前で相撲取りは赤っ恥を掻かされたからな」

「自業自得《じごうじとく》だべ」

浜の騒ぎに気付いてわいわい騒ぎ始めた。

「もう一度言っておこう。そなたらがここで恥を掻けば、江戸相撲にも戻れぬかもしれぬ。それでよいか」

「つべこべ抜かすでねえ！」

山王が叫ぶと鉄棒を頭上でぶんぶんと振り回した。

「宿場の人間が集まってもならぬ、一息に叩きのめせ」

すでに見物がいるのも気付かず、勧進元の相模屋狗右衛門が叫ぶと相撲取りが各々の得物を振り上げた。

一松が木刀を立て、

「そなたら、相撲を終生取れぬかもしれぬが覚悟はよいか」

と今一度諌《いさ》めた。

答えは山王の鉄棒だった。小柄小太りの体が機敏に動き、頭上で鉄棒を振り回しつつ突進してきた。

一松の口から叫び声が洩れた。

けええっ！

一対十数人の戦いを見守る漁師たちは反動もつけずに一松の体が虚空に跳躍したのを見

た。次の瞬間、
ちぇーすと！

の叫びが再び小田原宿の浜に響き渡り、天空から一松の木刀が山王の回転する鉄棒に振り下ろされた。

ぐあん！

という音が響き、山王が鉄棒を両手から投げ出し、砂浜に転がった。鉄棒を叩かれた山王の両手が痺《しび》れて、激痛が全身に走ったのだ。

砂浜に投げ出された鉄棒はくの字にへし曲がっていた。

「おのれ、やりやがったな」

着地した一松に折れ櫂と角材が同時に襲いかかった。一松は折れ櫂から角材へと飛んでいた。

悲鳴が上がり、一松がさらに水際に跳び下がり、肩口と腰を殴られた二人の相撲取りが砂浜であまりの痛みに転がり回っていた。

「囲め、囲んで押し包め！」

親方の一人が叫んだ。

そのとき、一松は波の中に腰まで浸かって木刀を八双に構えていた。

大男たちが浜から水辺へと突っ込んできた。
一松も走った。
間合いが一気に縮まった。
見物の漁師たちは一松の体が再び虚空へと跳躍するのを見た。正面の大嶽関が片手で振りかざす刀に一松の木刀が襲いかかり、
かーん！
という音を潮騒の間に響かせて、切っ先四寸（一二センチ）のところで折れ飛んだ。さらに木刀は大嶽の額を叩き、一瞬立ち竦《すく》む大嶽の両肩に一松の両足が、
ちょん
と乗ると、大嶽の巨体を蹴り出して反動をつけ、横手に飛んでいた。
どさり
と地響きを立てて、大嶽が浜に倒れ伏したとき、一松はもう二人を倒して、崩れた半円の外に逃れ出ていた。
「親方、狗右衛門、どうだまだ続けるか。相撲巡業など続けられぬぞ」
親方も狗右衛門も言葉を失い、呆然自失としていた。
一松の木刀がゆっくりと回されて再び立てられた。

わああっ
と残っていた相撲取りらが逃げ散った。

「待て」

と一松の声がかかり、

「そなたら、仲間を見捨てる気か。連れていけ、さし許す」

一松の命に親方が相撲取りを呼び戻した。

「手加減致しておる、命に差し障りはない。だが、巡業を続けることはできまい。まずは医師の元へ運べ」

倒された大嶽らを仲間が砂浜から一人ひとり松林に運び上げ、見物していた漁師たちに、

「小田原宿で評判の医者どのは牛馬が専門の戸張十左《とばりじゆうざ》様だ、箱根口門の前に看板を掲げてござるぞ」

「いったりいったり」

と送り出された。

千吉のことがあるものだから漁師らも冷たい言葉を投げたのだ。だが、相撲取りらはそれに対して言い返す元気も失せていた。

ふと漁師の一人が浜辺を見て、驚きの声を上げた。

「見てみねえ。あの御仁、海に向かってよ、小便なんぞをしてござるよ」

「おったまげたぞ、あれだけの大喧嘩をしておいてあの尿《ゆばり》はどうだ、虹がかかってござるよ」

小便をし終えた一松は悠然と寝巻きを羽織ると浜辺から万屋へと戻っていった。

第二章　墓前勝負

一

万屋の御厩に預けられた馬は、一晩、たっぷりとした休息を取り、餌《えさ》を与えられて、すでに店の前の馬繋ぎに移動させられたり、本陣の飼い主の元へ届けられたりしていた。そのせいでがらんとした馬小屋で、奉公人たちが慌《あわただ》しく掃除に取り掛かっていた。

一松は井戸端で水を被った。

その音に気付いたか、昨夜下帯などを運んでくれた女中のおまつが、

「一松様よ、朝からご苦労なこったな。剣術の稽古《やっとう》かね、おまえ様の着物はまだ乾いておらぬ」

と言いながらも一組の衣類、下帯を届けてくれた。

「すまぬ、下帯で海に浸かってな」

「なにっ、未だ寒い海に入ったというか」

と呆《あき》れ顔で一松を眺め回すと、

「お初様がな、宿場の古着屋で探した袷だ。おまえ様にはいくら寒くても綿入れは似合うめえ。なにしろ朝っぱらから海に入ろうという御仁だ」

と黒の小袖を広げて一松の体と見比べた。

「これなれば肩幅も身丈もたっぷりある、そなたにも着られようぞ」

とおまつが保証した。

「絹物か」

「絹物は嫌いか、一段と男ぶりが上がろうが。古着屋でおまえ様に合った大きさのものを探すのは容易なこっちゃねえ、木綿物、絹物と贅沢《ぜいたく》言うでねえよ。お初様にまず礼を言うのが先だべ」

「全くだな。ありがたくお借りする」

水を被って砂と海水を洗い流した一松は、届けられた下帯を締め直し、黒小袖に袖を通した。

「ほんれ、男ぶりが上がったろうが。身丈もぴったり誂《あつら》えたようだぞ」

とおまつが目を細めた。

「おまえ様、仁王様のような体付きゆえ、娘っこなんぞは恐ろしゅうて顔も見上げられまい。おっ母さんが器量よしだったかな、なかなか仁王様は美男でねえか」

と遠慮なく顔から足元まで見回し、得心したように顎《あご》を振って、

「そうれ、腹減らしどの、朝飯が待ってござるわ」

と井戸端から追い立てた。

隠居の長右衛門も当代の栄太郎も朝は仕事に追われているのか、座敷に一松の膳だけがあった。一松が戻ってきた気配に、お初が味噌汁《みそしる》を盆に載せて運んできた。

「さぞお腹も空かれたことでしょうね」

紅潮した顔のお初がそっと丼を膳の上に置いてお櫃《ひつ》の蓋《ふた》に手をかけたが、とうとう我慢ができないという表情で、

「お相撲さんが大安寺様を襲ったそうでございますね」

と身を乗り出した。

「お初どの、早や承知か」

「小田原の浜はどこからでも見えます。昨日の一件はすでに宿場じゅうに知れ渡っておりますから、関取衆が仇討ちにいって反対に返り討ちに遭ったという話が広まってます」

「おれが仕掛けたわけではないぞ」

お初が頷き、

「勧進元の相模屋狗右衛門様は此度の相撲興行大損だと皆が手を叩いておられます」

「手を叩いておるか」

「なにしろこの界隈《かいわい》ではお金にずるく、あまり評判のよい方ではございません」

と答えたお初が、

「興行を途中でやめた上に怪我の治療代と今度ばかりは物入りでしょうね」

と嬉しそうに笑い、丼に飯を装《よそ》って一松に差し出した。

「朝から馳走じゃな」

一松は膳のおかずを見回した。

相模湾で採れた鯵《あじ》の干物、里芋の煮付け、白須干《しらすぼ》しがかかった大根おろし、魚のぶつ切りが具の味噌汁に茄子《なす》の古漬けだ。

「うちは御馬相手の力仕事にございます。御膳だけはしっかりと食べるようにと爺様もお父っつぁんも気を使っております」

「頂戴する。目移りがするな」

一松はそういうと鯵を手摑《づか》みにしてかぶりついた。

「美味《うま》い、これは美味《おい》しいぞ」

一松はばりばりと頭から鰺を食べた。

その様子を眺めていたお初が、

「大安寺様はうちに参られる御馬番の侍衆とは違います」

「おれは礼儀も知らんでな」

「いえ、そういうことではございません。うちに来られる方々は外では威張《いば》っておいでですが、上役の前に出るとぺこぺことご機嫌を伺ってばかりおられます。その癖《くせ》、酒が入ると悪口たらたらですよ」

「それが奉公人だ」

「大安寺様は奉公をなさったことがありますか」

「ない」

と答えた一松は丼飯に白須干しのかかった大根おろしをぶっかけて口に掻き込み、

「美味いぞ」

と感嘆した。

「お初どの、内緒の話だぞ。おれはさる大名家の江戸屋敷のお長屋に育った中間の子でな、奉公人の根性はよう承知じゃあ」

「お中間からお侍に出世なされましたか」

「おおっ、中間ではなにをやるにも不自由でな、おれは侍になった」

「勝手におなりになったので」

目を丸くして、お初が呆れた。

「太閤秀吉様も蜂須賀小六《はちすかころく》様も元を正せば百姓や野伏《のぶ》せりの血筋であろうが。おれが侍になってどこが悪い」

今度はお初がけらけらと笑った。

「このように痛快な方は初めてです」

一松は一杯目の丼飯を平らげ、味噌汁椀に手を出した。

お初が二杯目の飯を装いかけ、笑いの残る顔を急に引き締めた。

「大安寺様、爺様が厄介《やっかい》なことをお頼み申し上げたのではございませんか」

「うむ」

と一松は口に運ぼうとした味噌汁椀を途中で止め、

「なあに、大した話ではないわ」

と答えてから、汁を啜《すす》った。相模灘の魚介《ぎょかい》の味が混然として美味だった。

お初が再び杓文字《しゃもじ》をお櫃に入れて丼に飯を装いながら考えた。そして、意を決したよう

に、

「私のことでございますね」

　と念を押すように言い、一松の顔を見た。

「そなたのこととはなんだ」

「私がお父っつぁんの子ではないという話ではございませんか」

　一松はお初の顔を凝視し、なにか言って応じようとしたが、うまく言葉が出てこなかった。

「大安寺様、爺様は私がなにも知らないと思うておられますが、私はすべて知っております」

「だれから教わった」

「そのようなことはなんとなく伝わってくるものです。私には物心ついたときから母親がおりませんでしたし、母親の代わりを何人かの女衆が務めてくれました」

「女衆がお初さんに話したか」

　お初は首を振った。

「家の中でもあれこれと噂が伝わり、外でもお節介《せっかい》な方が親切ごかしに教えてくれました。そのせいで七つ八つの時にはおっ母さんがどうしていないか、父親が他所の人だということもうすうす承知していました」

一松は溜息を吐《つ》いた。

「大安寺様が溜息を吐かれる話ではございません」

それはそうだが、と答えた一松は、

「爺様の頼み、そなた、推量がつくようじゃな」

お初が愛らしい顎を引いた。

「今年になって爺様とお父っつぁんの様子がおかしいのにすぐに気付きました、私をじっと見たり、ときに腫《は》れ物にでも触るように親切にしてくれます。これは江戸から届いた御馬預鵜塚八兵衛様からの書状と関わりがあると思われました。またそれ以来爺様が朝方お百度参りを始められたことからも、なんとなく察しがついておりました」

「うーむ」

「大安寺様、お初の父親は鵜塚八兵衛様ですね」

「それも知っておったか」

「やはり」

お初の洩らした言葉に、一松はお初が半信半疑であったことに気付かされた。

「これで積年の疑いが解けました、すべてが得心いきます」

二人の間に重い沈黙が広がった。

「お初どの、そなた、母者のことを恨《うら》みに思うか」

「私は母の温もりを一切知りません。だから、恨みに思うかと問われても答えようがございません。ただ……」

「ただ、どうしたな」

「おっ母さんがどのような人であったか、お父っつぁんを裏切って、なぜ一夜をお客様の鵜塚様と共にしたのか、それはお初がいくら考えても答えが出ないことにございます」

一松は大きく頷いた。

「男と女の仲はそうそう分からぬものよ」

と答えた一松は、

「鵜塚八兵衛に対してはどうだ」

と訊いた。

「他人様です、父の情けは全く感じられませせぬ。お初のお父っつぁんは栄太郎一人にございます」

お初が言い切った。

「鵜塚様がなにを考えて再び万屋を訪れようとなさるのか、お初には理解のつかぬことです」

一松は無意識のうちに首肯《しゅこう》していた。

「爺様は大安寺様になにをお頼み申したのですか」

「お初どの、これは長右衛門どのとの約定である。そなたにも申し上げられぬ」

「お頼みしても駄目にございますか」

「お初どの、万屋一家とそなたの胸の奥に刺さった棘《とげ》が抜けるものなら、この大安寺一松が手伝うて抜いてみたい。節介《せっかい》かのう」

「大安寺様、お初の胸の棘がどうすれば抜けるか承知なのでございますか」

お初が一松の顔を見て切り込んだ。

一松はしばし沈思し、椀を膳に置いた。

「お初どの、おれも母を知らぬ人間なのだ。おれは親父が参勤交代の途次、浜松宿で知り合った飯盛りに産ませた子供なのだ。江戸屋敷の中間部屋で、おまえは浜松宿の寺の門前で拾われた子だと言われ続けて、馬以下の扱いを受けながら育ったのだ」

「なんということが」

と答えたお初が、

「大安寺様のおっ母さんも一松様をお産みになった後、産褥《さんじょく》の疲れで亡くなられましたか」

「そうではない」

父親の伍平が子を宿した飯盛りのたきを旅籠から無断で連れ出し、浜松宿外れに潜んで・たきが一松を産んだことや、さらに三人で浜松宿から逃れようとして追っ手に見付かり、無謀にも天竜川の流れを泳いで逃げようとして、たきが水死したことなどを一松は告げた。

「驚きました」

呆然としたお初が呟《つぶや》いた。

「大安寺様、おたき様のことをだれからお聞きになったのですか」

「屋敷でな、中間の親父が博奕の諍いから仲間に殺されたんだ。おれは父親を一度も父親と思ったことはなかったが、斬り刻まれた親父の亡骸《なきがら》を見て、血は繋がっていることを思い知らされた。六尺棒を持って親父を殺した連中を叩き伏せ、そのせいで屋敷から追われたのよ。おれと親父に父子の絆《きずな》があったとすれば、このときだけだ」

と一松は前置きした。

「屋敷の差し金で町方同心や御用聞きたちが屋敷を出たおれを取り囲みやがった。なりは人並み以上に大きかったが、なにしろ十七歳になったばかりで知恵もない、素手でもあった。大勢の捕り方にがんじがらめに縛られて、伝馬町の牢に送り込まれた。三月牢で過ごした後、百叩きの上に江戸所払いを命じられたのさ。おれが親父のような虫けら同然の中間の子をやめて、侍になると決めたのはその夜のことだ」

お初がまじまじと一松を見た。

「分かります、大安寺様のお気持ちが。私が男ならそうします」

「お初どの、たきのことをどうして知ったかと訊かれたな」

お初が頷く。

「親父にも父親としての情けのかけらはあったらしい。おれを寺の門前で拾ったとき、おれが身に着けていたものだったと言っていたお守りのなかに書付があった。下手な字で、『はままつや　えんしゅうや　たき』とあった」

「おたき様が大安寺様に残された温もりですね」

頷いた一松は、

「こいつを頼りに江戸所払いになったおれは浜松宿に走り、おれがほんとうに寺の門前に捨てられていたかどうか調べて、親父とお袋の所業と不運を知ったのだ。大安寺はな、お袋のたきが投げ込まれた寺の名だ」

お初の瞼《まぶた》が潤み、慌てて瞑目《めいもく》した。両眼を閉じたまま、

「大安寺様とはおたき様が葬られた寺の名でしたか」

「一松だけでは侍らしくないからな」

袖の端で零《こぼ》れそうになった涙をお初は拭《ぬぐ》った。

「一松様にはおたき様の温もりがございます。ですが、お初にはおっ母さんのことを話してくれる人がおりませぬ」

「そなたのことを思うて爺様も栄太郎どのも話せんのよ。いつの日か、そなたから訊いてみよ」

しばし一松の顔を見ていたお初がこっくりと頷いた。

「お初どの、実の父の鵜塚八兵衛に会いたくないか」

「私のお父っつぁんは栄太郎一人にございます。鵜塚八兵衛はわが万屋を不幸に陥《おとしい》れた張本人に過ぎませぬ。もしこの万屋に泊まるつもりならば、私はこの家を出ていきます」

「分かった」

と答える一松に、お初がいった。

「あれ、話に夢中で汁も御膳も冷えてしまいました」

「かまわぬ、頂戴する」

味噌汁椀を持ち直した一松は、

「お初どの、それがし、朝餉の後、出かける」

「どちらへ」

「箱根だ」

「亡き師の菩提を弔《とむら》いに参られますので」

一松はお初に言われてようやくその事に気付かされた。

「菩提か、これまで思いもしなかったが」

しばし考えたお初が、

「大安寺様、関所越えの手形をお持ちですか」

と訊いた。箱根関所を小田原藩大久保家が幕府に代わり監督していた。小田原宿の御馬宿万屋には手形を入手する手立てがあるのか。

「手形など持ち合わせたことはない。江戸無宿大安寺一松に関所などあるものか」

一松の答えにお初が頷き、ふと気付いたように訊いた。

「もうお戻りにならないのですか」

「案じるな、戻る」

と答えた一松だが、いつとは答えなかった。

「この小袖、それがしの体に誂えたようだ。借りていってよいか」

「このような身丈の小袖はうちではだれも着られませぬ。どうかお使い下さい」

一松は再び箸《はし》を動かし始めた。


半刻後、一松は小田原宿上方口見附《かみがたぐちみつけ》を出ると早川の左岸を風祭《かざまつり》に向かった。黒小袖の着流しの腰には長船兼光と無銘の脇差が差し込まれ、肩には木刀と仏花《ぶっか》が一緒にして担がれていた。

髷はお初が梳《す》いて赤い麻紐《あさひも》で結んで、両端を垂《た》らしてくれた。それが足を運ぶ度に揺れた。

仏花はお初が用意してくれたものだ。

箱根の山に黒い雲が覆いかぶさるように北の方角から押し寄せていた。

三枚橋で早川を渡り、下宿を抜けると須雲川《すくもがわ》の渓流《けいりゆう》沿いに箱根八里の登りが続く。

峠道にかかっても一松の足はゆったりとしたものだ。

その刻限、万屋では隠居の長右衛門が一松の座敷に残された袱紗包の五十両を前に思案に暮れていた。

須雲川沿いにのんびりと歩を進めていた一松の耳に、川のせせらぎと一緒になって滝の音が寒々と響いてきた。

初花《はつはな》の滝だ。

二

箱根路は寒気に包まれようとしていた。道の両側から差しかける木々の枝葉の間にわずかに開いた空は一面真っ黒で、今にも白いものが落ちてきそうな気配だった。

小田原宿から箱根に向かう女連れの五人を追い抜いた。一気に三島宿まで箱根八里を踏破する足運びではない。箱根で一泊し、明日三島に下りる足取りだった。山道とはいえ一日四里八町（一六・四キロ）、長閑《のどか》な旅のはずだが空を覆う黒雲が一行の足を急がせていた。

そんな旅人を尻目に一松は悠然と間《あい》の宿の畑宿《はたじゆく》へと向かう。

「をんな転ばしの坂」にかかった。

この急坂、九十九《つづら》折りに蛇行することなく高みから一直線に下ってきた。小田原側から箱根に向かう旅人には一番難儀《なんぎ》な坂だ。

街道の両側から葉を落とした雑木や杉の枝が差しかけ、夜の道をいく気配へと変わった。ちらちらと落ちていた雪は、一松の黒小袖の肩に白く積もりだした。

旅の無事を祈願する路傍《ろぼう》の石地蔵の菅笠にも雪が降り積もり始めていた。

「そなた、寒さは感じまい。拝借する」

一松はそう言いながら菅笠を奪い、頭に被った。

そのとき、「をんな転ばしの坂」上から女の悲鳴が上がった。

一松はそちらをちらりと見たが急ぐ風もなく、菅笠の紐を顎で結び、再び歩き出した。

半町（五四・五メートル）も坂を上がったところで箱根名物の野伏《のぶ》せりが女連れの旅人を囲み、男の身包《みぐる》みを剝《は》いでいた。老女はなす術《すべ》もなくがたがたと震え、若い娘は数人の野伏せりの顔を見ないように両眼を閉じていた。

「金子《きんす》はすべて渡しました。お嬢様と乳母には手をつけないと約定されましたな」

と番頭が、哀願した。

野伏せりの頭分が、

「番頭、山賊の言葉を信じるか」

と高笑いした。

「なんですと、女二人には手をつけぬと申されるから金子から持ち物、着物まで差し出しました。約束が違います」

「番頭、老女どのは置いていく。娘はわれらが砦《とりで》に案内し逗留を願った後、三島辺りに売り飛ばす。半年後に三島の飯盛りを探してみよ」

娘が悲鳴を上げ、逃げようとしたが野伏せりの手先に肩を摑まれ、引き戻された。

「な、なりませぬ」

と襦袢《じゆばん》一つの番頭が腰の道中差を探る手付きをしたが、そこには道中差どころか煙草入れも矢立《やたて》もなかった。

「番頭、ばばあ、行け。命だけは助けてやろうか」

野伏せりの頭分が「をんな転ばしの坂」上の畑宿とは反対、湯本《ゆもと》の方角を指し、足を止めて見物する一松に気付いた。

「なんだ、その方」

坂下に立つ一松の巨軀《きよく》を見下ろした頭が、腰の一剣と肩に担いだ木刀、仏花を見た。

「命が惜しくば、腰の長いものと木刀を置いていけ」

一松は無言のままに間合いを詰め、頭の二間（三・六メートル）手前で足を止めた。一松の態度に闘争心を見出しえなかった野伏せりの頭が、

「感心かな、命を永らえるには素直が一番ぞ」

と言い、手下が笑った。

一松はちらりと半裸で震える番頭の真っ青な顔を見て、肩の木刀を左手に摑み、柄を先にすると、

「受け取れ」

と初めて声を発して、差し出した。

「豆州《ずしゅう》、こやつ木偶《でく》の坊《ぼう》じゃぞ。野郎の身包み、剝がんかえ」

頭分の新たな命に鬚面《ひげづら》の男は、提《さ》げていた大徳利を路傍に置いて一松に不用意に近付いた。

一松の左手一本の木刀が躍った。

切っ先を左手一本で握られていた木刀の柄が歩み寄った鬚面の脳天を叩き割った。一歩、踏み込んだ一松が虚空に木刀を、

くるり

と投げて今度は柄に持ち替えた。

どたり

と路傍に倒れた鬚面が勢い余って谷へと転がり落ちていった。

「や、野郎、騙《だま》しやがったな！」

「をんな転ばしの坂」に野伏せりの頭の甲高《かんだか》い声が響いた。
霏々《ひひ》と降る雪に抗して再び片手一本の木刀が翻《ひるがえ》り、抜き身を翳《かざ》した頭の突っ込んでくる額を殴りつけた。
ぱあっ
と薄暗くなった坂道に降る雪を血飛沫《しぶき》が赤く染めた。
くねくね
と頭の体が震え、
ごろり
と石畳に倒れ伏した。
一松の木刀がくるりと回され、残る手先に向けられた。
あわあわあっ
手先らは眼前に起きたことが信じられない様子で立ち竦《すく》んでいた。
「奪った持ち物、財布、一切合切《いっさいがっさい》返せ。さすれば命だけは助けてやる」
「はっ、はい」
残った手先が番頭から奪ったものを足元に投げ出した。
「頭の懐《ふところ》に残しておらぬか」

一松に睨《にら》まれた手先の一人が慌てて悶絶《もんぜつ》している頭の懐を探り、番頭の巾着を摑み出した。

「番頭、持ち物は揃ったか」

一松の言葉に慌てて番頭が、

「巾着、煙草入れ、道中差……」

と言いながら確かめ、

「ご、ございます」

と言った。

「よかろう」

と答えた一松の片足が野伏せりの頭の体にかかり、谷川へと一蹴りで蹴り込んだ。

「行け」

三人が坂道の前後を見て、どちらに逃げるか迷う風情を見せた。

坂下には先ほど一松が追い抜いてきた女連れの旅人一行が、呆然と騒ぎを見詰めていた。

「そなたらの歩く道は獣道《けものみち》じゃぞ」

一松の声は谷川の斜面へと飛び込んで消えた。

番頭が剝がされた道中着を身につけながら、

「どちら様か存じませぬがありがとうございました。お蔭様で命ばかりか金子まで戻ってきました」

とぺこぺこと頭を下げた。その顔には、一難《いちなん》去ってまた一難、一松への礼をどうすればよいかという迷いが浮かんでいた。

「この雪は一晩降り積もろう。箱根の関までいくのは難儀、坂上の畑宿に泊まることだな」

と言い残した一松は石畳に残された大徳利を摑むと、野伏せり三人が消えた谷川の斜面へと飛んだ。

「お、お待ち下さい！」

番頭の狼狽《ろうばい》した声が雪道に響いた。

「をんな転ばしの坂」に差し掛かり、騒ぎに遭遇した別の女連れの一行が、

「あれは箱根山の天狗様ですよ。天狗様に命を助けられたのでございますよ、おまえ様」

というと、一松が飛んだ谷川の斜面に向かって合掌《がっしょう》し、念仏《ねんぶつ》を唱えた。

襦袢の上に綿入れを羽織った恰好の番頭も真似《まね》た。女たちも行く道で谷川に向かって手を合わせた。

二年ぶりか、一松は白銀《しろがね》山山麓《さんろく》弾正ヶ原の小屋の扉を開けた。湿気と寒気が入り混じって小屋の中を支配していた。

時折杣人《そまびと》か猟師が使った様子があって、囲炉裏《いろり》端も綺麗に掃除されていた。

一松は上がり框《かまち》にまず徳利と木刀と花を置き、腰から長船兼光を抜くとそれらの傍らに寝かせた。

菅笠を脱ぐと雪が土間に落ちた。

二年半余り暮らした小屋だ。手探りでもどこになにがあるか分かっていた。火打石も喜平太が手造りした行灯《あんどん》も油壺《あぶらつぼ》も探り当てた。苦労したが明かりが灯《とも》った。

粗朶《そだ》も土間の隅に積んである。

枯れた杉葉の下に小枝を積んで火を熾《おこ》す。小屋に澱《よど》んで支配していた寒気と湿気が戸惑《とまど》うように動き出したとき、一松はお初の用意してくれた花を持ち、徳利を提《さ》げて、小屋を出た。

弾正ヶ原の野天道場には芽を吹いた若木が育っていた。

一松が駆け回り、跳躍し、飛び下りて踏み固めた野天道場は、また自然に還ろうとしていた。かつてそこには高さ九尺（二七二センチ）余、径八寸（二四センチ）余の柱が立ち並んでいた。薩摩示現流で打ち込み稽古に使う道具であり、的だった。

一番高い椎の古木は一松が日夜挑み続け、

（秘剣雪割り）

を成就させた証をみせて、折り倒されて横たわっていた。

その傍の地面に、師の愛甲喜平太高重の亡骸《なきがら》は埋められていた。

一松は、椎の古木が墓標代わりの墓の前に立ち、すでに雪が三寸（九センチ）ほど降り積もった大地に花を供え、酒をかけた。

（一松、おいの墓参りごあんか）

一松の耳に師の声が響いた。

（おはん、おいが考げえたよりも真《まこ》つん侍にない申した）

一松は耳の奥に響く師の言葉に冷笑で応えた。

（すねもん根性《こんじょ》はかわりもはんか、うっ死《ち》ん日まで苦労の種じゃっど）

喜平太の笑い声が響き、一松は手に提《さ》げていた徳利に口をつけて飲んだ。そして、踵《きびす》を返して小屋に戻った。

不思議だった。

一松の心に菩提心があったとは……。

どこか居心地が悪いような、気恥ずかしいような気持ちに襲われた。

一松は小屋の隅にわずかな米と黒ずんだ味噌を見つけた。

土鍋に米を入れて水を張り、囲炉裏の自在鉤にかけた。

縁《ふち》の欠けた茶碗を手に、改めて徳利の酒を注いだ。

御馬預の鵜塚八兵衛一行が箱根の関所を越えて下り坂に差し掛かるのは明日の昼過ぎか、雪の降り具合では明後日《あさって》か。そんなところだろう。

一日の余裕があった。

酒をさらに二杯ほど飲んだところで漬物樽《つけものだる》があったことを思い出し、床下に古樽を見付けた。糠味噌《ぬかみそ》を掻《か》き回すと茄子と大根と牛蒡《ごぼう》が出てきた。

「上等上等」

糠を手でこそぎ落としただけで洗いもせず切った。丼に山盛りにして囲炉裏端に戻ると、土鍋が吹いてきた。

粗朶をくべ、火を強くした。

さらに二杯ほど茶碗酒を飲んだところで米が炊けてきた。土鍋を火からおろした。

飯が炊けたところに古漬けを載せて味を加えた。

熱々の飯を丼に盛って二杯ほど掻《か》き込み、満腹した。

夜具は毛皮が何枚も小屋の隅に積んである。

囲炉裏に粗朶をくべ足した一松は、

ごろり

と横になり、眠りに就いた。

囲炉裏の火が消え、一松が寒さに目を覚ましたときも、雪は降り続いていた。

一松は小屋の片隅に残っていた稽古着の袖に腕を通した。それは稽古着とは名ばかりの洗い晒《ざら》し、継ぎの当たった木綿の袷《あわせ》だった。一松が喜平太と修行の日々を過ごしていた頃、芦ノ湯《あしのゆ》の湯治宿で洗濯ものの中から盗んできたものだ。

湿った袷を着て、荒縄で腰を縛った。

野地蔵から拝借してきた菅笠を被り、しっかりと顎で紐を結んだ。土間に猟師が置いていった草鞋を見付けて履《は》いた。一松の足には小さかったが、足裏に熊革が縫い付けてあり、竹の切り株など踏み抜かぬように工夫がされてあった。

仕度《したく》はなった。

朝にはだいぶ時間があったが、雪が自然に還ろうとする野天道場を浮かび上がらせていた。

道場の端に立ち、草鞋の足裏の革を、降り積もった雪に馴染ませるように擦りつけた。

呼吸を整えた。

木刀を高々と立てた。

けえぇっ
二年ぶりに弾正ヶ原に怪しげな気合が響き渡った。

白く変わった森が震え、白銀山に木霊《こだま》した。

一松の巨軀が走り出した。若木の間を縫うように走った。

行く手を四尺（一二一センチ）ほどの高さの立木が塞《ふさ》いだ。

ちぇーすと！

一松はしなやかに軽やかに虚空に飛翔し、突き上げるように立てていた木刀を立木の頂きに向かって振り下ろした。

くおーん
湿った音が響いて立木が二つに割れ、左右に倒れた。が、倒れた瞬間には一松の体はすでにその場から数間離れた場所にあって、若木を横殴りに叩いていた。

幹径三寸（九センチ）ほどの杉がへし折られて飛んだ。

一松は走りながら行く手を塞ぐ若木を、立木を次々に裂き、へし折っていった。

一刻半（三時間）も走り回り木刀を振るったか、野天の道場に倒され、折られた若木と立木が積まれ、その上に雪が降り積もろうとしていた。

片付けるには時を要した。

小屋から徳利を持ち出し、喉の渇きを抑えた。

呼吸を整え、再び白一色に変わった野天道場を見回した。一松が殴り倒した木々で緩《ゆる》やかな凹凸《おうとつ》を持つ空地が広がっていた。

野天道場の象徴ともいえた椎の木も今は雪の下だ。

一松の眼前に挑戦すべき立木はなかった。

だが、一松の胸の中には林立する巨《おお》きな木が聳《そび》え立っていた。

愛甲喜平太が死んだ後、孤独に耐えて薩摩示現流の教えに挑んだ。

十尺の椎の木には何百何千回と挑み、その度に跳ね返されてきた。だが、跳ね返されても地面に叩きつけられても一松は立ち上がり、虚空へと五体を飛翔させ、椎の木の頂きを叩き続けた。そして、ついに一松は敢然《かんぜん》と一松の挑戦を跳ね返し続けてきた椎の木の核心を叩き、二つに割り、

（秘剣雪割り）

を独創した。

今再び幻影の椎の木に挑もうとしていた。

一松は瞑想《めいそう》した。すると心の奥に弾正ヶ原の野天道場が浮かび上がり、その真ん中に幹の径三尺（九〇センチ）余、高さ数十尺もの巨木が立っているのがはっきりと見えた。

（参る）

心の中で叫ぶと静かに両眼を開いた。すると雪の原に御柱《おんばしら》のように巨木が屹立《きつりつ》していた。

その頂きは雪と雲に隠れて見えなかった。

一松の行く手を阻《はば》むもの、それがたとえ神木の御柱であったとしても倒す、この一念だった。

一松は木刀を立てた。

けええええっ！

一松は雪の原を走った。横殴りの雪が一松の視界を奪おうとした。目を細めて走りつつ幻の御柱との間合いを計った。

跳躍。

一松は虚空へわが巨体を浮かばせた。眼前を大きく御柱が塞ぎ、一松はそのすべすべとした木肌を凝視しつつわが身を高みへと引き上げた。

だが、飛べども飛べども頂きは見えなかった。

力尽きて野天道場に叩き付けられるか。

雪が風に舞い、御柱の頂きを感じた。

一松の両足が後方に跳ね上げられ、赤樫《あかがし》の木刀が覚醒させるように一松の背を殴った。

その反動を利して今や眼下に見える御柱の頂きの中心部へと木刀を撃ち込んだ。

木刀が辺りの空気を両断し、楔《くさび》形の真空を生じさせた。波動が御柱の核心に襲いかかり、木刀が続いて頂きを叩いた。

一松の両の掌に確かな感触が一瞬伝わり、
すぽっ
と抜けた。

くーあん!

一松の眼は確かに御柱が真っ二つに裂けて倒れていく光景を脳裏の奥底に見た。

ふわり
一松は野天の道場に着地した。

三

箱根宿は白一色、杉並木も関所も降り積もった五寸（一五センチ）近くの雪に覆われていた。芦ノ湖《あしのこ》も静かに降り続く雪を湖面が飲み込み、寒々《さむざむ》とした景色を見せていた。

予定どおりなれば幕府御馬預の鵜塚八兵衛らが関所に差し掛かってよいはずだが、さすがにこの雪に旅人は動きを止めていた。

関所止めされていたわけではないので、急ぐ旅人たちがちらほらと関所を通過して小田原宿へと向かって消えていく。だが、大半の旅人は小田原か三島宿の旅籠にて雪の降りやむのを待っていた。

菅笠に蓑《みの》をつけた雪仕度の一松は、将軍家の御乗馬の威光を笠に、無理難題を押し通す御馬預が強引に雪の箱根越えをすることを考えて、箱根関所前まで上がってきたところだ。

折りしも三島宿から小田原に向かう飛脚が関所から姿を見せた。

「ちと尋ねたい」

一松の声に関所で足を緩めた飛脚が顔を向けた。

「三島宿から道中、御馬預の一行に会わなかったか」

「御馬預だって、石荒坂《いしわらさか》で追い越してきたぜ。あと一刻ほどで関所かね」

「小田原宿まで通れそうか」

「旦那、刻限はすでに九つ半（午後一時）だぜ。まあ、無難なところ箱根の宿泊まりだね。となると本陣が生き物好きの綱吉様の名を盾に無理を押し通す御馬預に泣かされる寸法だ」

と答えた飛脚が、

「おっと、お喋《しゃべ》りが過ぎた。おまえ様、まさか迎えではあるまいな」

と身構えた。

「知り合いでもなければ迎えでもない」

「安心したぜ」

という言葉を残すと雪空に尻を出した飛脚が四里八町先の小田原宿を目指し、走り出していった。箱根の山を通い慣れた飛脚でも小田原に到着するのは深夜になろうか。

一松は関所を見通せる茶屋を見つけると、

「許せ」

と声をかけ、蓑と菅笠を取った。黄色の縦縞《たてじま》の綿入れに赤紐の襷掛《たすきが》け、両手を胸の前に

抱えて寒さを堪《こら》えていた姉さんの一人が一松を見上げ、

「天狗様かと思ったわ、兄さん、大きいな」

と感心した。若作りだが三十を一、二過ぎた年増の姉さんだ。旅人相手に慣れた口調で遠慮がない。

茶店には火が熾り、鉄瓶《てつびん》がしゅんしゅんと音を立てていたが、客は一組もいなかった。

「この雪では商売上がったりだな」

「うちはさ、関所止めにならないかぎり店を開けとく決まりだ。関所の様子を窺《うかが》っているがよ、今日はまんず関所止めはねえな。このまんま降り続けば明朝から関所止めとみたがね」

とご託宣《たくせん》あった。

「酒を三本ほど熱燗《あつかん》にしてくれ」

「うちは正一合だよ、三合かっきり燗をつけるよ。菜《さい》は田楽《でんがく》でどうだ」

「よかろう」

手持ち無沙汰の年増の姉さんと無口な小女《こおんな》が一松の注文を整えた。

酒がまず運ばれてきた。

「茶碗を貸してくれぬか」

一松は盃《さかずき》を茶碗に替えてくれと注文を付けると、

「うちは前払いだがよいかねえ」

と酒代を催促《さいそく》した。

一松は賭け相撲で得た褒賞の一両を差し出し、

「釣りは発つときに貰おう」

「雪空に小判が鈍《にぶ》く光っているよ」

と女が小判の端を軽く咬《か》んだ。偽小判と考えて確かめたのだ。

「偽金なれば、小田原宿で江戸相撲の勧進元を務めた相模屋狗右衛門と申す者に文句を言え」

口に小判を咥《くわ》えたまま、女が一松の顔をまじまじと見直した。

「なにっ、おまえ様が江戸相撲の関取衆を手玉にとった侍かねえ。小田原から上がってきた客がさ、何人もおまえ様の噂を伝えていったよ。どうりで大きな体と思ったよ」

湯呑《ゆの》み茶碗と田楽がさらに運ばれてきて、一松は熱燗を大ぶりの器にたっぷりと注いだ。

「頂戴しよう」

朝からなにも食してない。稽古の合間、喉が渇くと雪を口の中に頬張っただけだ。鼻腔《びこう》

を酒の香が擽《くすぐ》った。くんくんと香りを嗅《か》ぎ、口を湯呑みの縁に付けると、

きゅっ

と喉を鳴らして飲んだ。

熱燗が喉から胃の腑《ふ》に落ちて、寒さに縮こまっていた体を内部から熱くした。

「美味い」

二本目の徳利に手を差し伸ばした。

「こりゃあ、三合なんてすぐになくなりそうだね。もっと燗をつけておくかい」

年増女が訊く。

「いや、三合あれば寒さ凌《しの》ぎには充分だ。そのうち、連れが参る。その折、頼もう」

「そんだ、腹も身のうちだからね。うちの田楽を熱いうちに食いなされ、味噌山椒《さんしょう》の香が利いて美味しいぞ」

一松は湯呑みを盆に戻して竹串に刺された田楽に食らいついた。

「山椒と柚子《ゆず》か、味噌と合う」

一松は田楽を食し、二本目からはちびちびと飲みながら時が過ぎるのを待った。

小田原宿から雪を被った男が関所へと行きかけたが、一松の姿を認めると方向を転じた。

「大安寺様、お待たせしましたか」

「なんの、相手は未だ姿を見せぬわ。話もある、こちらに入れ」

男が蓑と笠の雪を払いながら脱ぐと、足元の雪も払い落とした。

小田原宿御馬宿万屋の奉公人、馬丁《ばてい》の富造《とみぞう》だ。隠居の長右衛門に頼んでいた助っ人で、万屋の中でも馬扱いに慣れた老練の馬丁だった。

「姉さん、熱燗をつけてくれ」

「あいよ」

女たちが茶店の店先から奥へと姿を消した。

「隠居に、大安寺様の命は私の言葉と思い従え、と言われてきましたよ。わっしはなにをすればよいので」

「いつものとおり馬の世話だ」

四十代の半ばに差し掛かった風体の富造が関所を見て、

「御馬預ご一行が今日にも関所越えと聞いておりますが、そのことと関わりがございますので」

「富造、腰が引けたか」

「先に鵜塚様がうちに泊まられたのは、お初様が生まれる前のことにございましたよ。ご一行が江戸に出立なされて以来、万屋は濃い黒雲に覆われたようでございますよ。跡継ぎが生まれると聞いて、やれ目出度やと思うたら、お保様がお初様を産んですぐに亡くなられた。そのうちお初様が見目麗《みめうるわ》しく育たれると嫌な噂が宿場に流れました。そのことと此度の御用は関わりがございますので」

熱燗の酒が運ばれてきた。

「姉さん、ちと連れと話がある」

と一松は女を遠ざけた。

雪の中、小田原宿から上がってきた富造に茶碗を持たせ、一松は熱燗を注いだ。

「まず飲め」

「へえっ、頂戴します」

富造はかじかんだ両手で湯呑み茶碗を抱え、ゆっくり何度かに分けて酒を飲み干した。

そして空の茶碗を盆に戻すと、一松に返事を促した。

「ある」

「万屋の、いや、お保様の仇討ちと考えてようございますか」

「仇討ちなどとは隠居も考えておらぬ。だがな、新たな災難だけは避けたいと考えておられる」

「新たな災難が万屋に降りかかるのでございますか」

一松が頷いた。

「富造の命、大安寺様にお預け致します」

「よし、酒を飲み干せ」

二人は残った酒を飲むと笠と蓑を被った。

「この雪の中、出かけられるのかい」

女が釣り銭を持ってきた。

二人が茶店を出ると、わずか十数間先の芦ノ湖の湖面が見えぬほどに雪は激しさを増していた。

「富造、箱根宿で御馬預一行が御馬を預けるのはどこか、承知であろうな」

「賽《さい》の河原《かわら》の伊豆屋甚右衛門《いずやじんえもん》様方にございますよ」

「関所から賽の河原までは五、六町（五四五〜六五四メートル）か」

「はい、そんなものかと思います」

「馬二頭、どこぞ隠すところを知らぬか」

「箱根宿を離れたほうがようございますか」

富造は一松がなにをしようとするのか見当をつけた体《てい》で訊いた。

「この雪だ、遠くにはいけまい」

「芦ノ湯に知り合いがございます」

長右衛門は一松の助っ人に、箱根をよく知った富造を選んだのだ。

「よかろう」

話が纏《まとま》った。

箱根の関所から一町（一〇九メートル）ばかり賽の河原に寄ったところ、小高い山が湖面に向かって岬のように突き出していた。

一松と富造はこの地続きの岬の高台に上がり、猛然と降り出した雪を杉林の下で避けながら、箱根の関所の出口を見守った。雪のせいで、関所の門前で焚《た》かれる篝火《かがりび》もおぼろにしか見えない。

二人が配置に就いて半刻後、関所の出口に動きがあった。

飛脚が推測した八つ半（午後三時）を大きく過ぎ、七つ（午後四時）に近い刻限、刺《さ》し子の大布をかけられ、油紙を被らされた綱吉の、

「御馬様」

二頭が関所を出てきた。

その周りを菅笠蓑で厳重な拵《こしら》えをした御馬預の一行二十数人が囲んでいた。さらに山駕《か》

籠《ご》二丁が姿を見せた。

幕府御馬預鵜塚八兵衛の一行だ。山駕籠に乗っているのが鵜塚と、居合の達人与野精兵衛であろうか。

「たれぞ本陣伊豆屋に走れ」

一行の中から声が上がり、一人が賽の河原の方角へと走り出した。

御馬預は馬種の鑑別、良馬の選別などに長じ、病を治し、馬術が巧《たく》みで調教ができねばならなかった。ゆえに御馬預は世襲職だ。

二百俵十五人扶持、高い身分ではない。

御馬預鵜塚家の下に、これも世襲の御馬方が付いた。

実際の馬の調教、飼育を行なうのはこの御馬方以下の者たちだ。御馬方は百俵十五人扶持、御譜代席である。さらにこの下に御馬飼《おうまがい》小頭《こがしら》、御馬飼と続く。

さらに御馬預は幕府の牧場である小金原《こがねはら》と佐倉《さくら》の放牧場で飼う馬を管理する野馬《やば》奉行綿《わた》貫《ぬき》夏《なつ》右衛《え》門《もん》も従えていた。こちらも世襲だ。

本陣に走ったのは御馬方付きの小者のようだ。

関所では御馬預一行の通過を確認すると、ほっとした様子で篝火を門内に入れ、早々に扉を閉じた。

富造は菅笠を外すと手拭で頬被りをし、再び菅笠を被り直した。

一松は草鞋の紐を結び直し、蓑を着た肩に木刀を担いだ。

「さて、参ろうか」

林を出ると街道の杉並木は真っ暗だった。だが、杉並木のせいで雪の降りは少なかった。

鵜塚の一行は御用提灯を竹竿《たけざお》の上に掲《かか》げ、二頭の馬の背には、

「五代将軍綱吉様御愛馬」

と麗々《れいれい》しくも書いた札が立てられていた。

「御愛馬を盗むのでございますな」

富造の問いににたりと一松が笑って応えた。

「あの馬だが乗れるか」

「二歳の駒《こま》にございますれば一松様でも乗せることができましょう」

「富造、そなたは馬二頭の手綱を確保せよ。人払いはおれがやる」

「承知しました」

二人は街道の杉の背後に身を隠し、静々《しずしず》とやってくる一行を待ち受けた。

先頭の提灯持ちの小者が過ぎた。御馬飼小頭に指揮された御馬飼らが、二頭の御馬を引

いて一松の前を通り過ぎた。

石畳に一松が杉並木から飛び下りたのはその瞬間だ。

わあっ！

と驚きの声が上がった。

一松が木刀を振るい、後続の御馬方などを追い散らすと、さらに前方へと走って立ち竦む御馬の手綱引きの首筋を木刀の先端で殴り、もう一人の鳩尾《みぞおち》を突いて倒した。

二頭の手綱を摑んだ富造が巧みにも御馬を宥《なだ》めた。

一松は御馬の背から立て札を抜き取り、その場に投げ捨てると富造から手綱を受け取った。

ひらり
と後ろの馬に飛び乗ると裸馬に跨《またが》った。

富造も右往左往する御馬方を尻目に御馬の背に跨ると、

「はいよ」

と賽の河原目指して杉並木を駆け出した。

ようやく山駕籠から鵜塚八兵衛と与野精兵衛が転がり出て、

「御馬を守れ！」

「盗人は二人だ、囲め。逃がすな!」

と叫び声を上げた。

だが、その瞬間、二人は石畳を疾走していた。

背後から、

「待て!」

「返せ!」

と石畳の雪道をこけつまろびつ追いかけてきたが、将軍綱吉の御乗馬候補に選ばれたほどの駿馬《しゅんめ》が走り出したのだ、追いつくはずもない。

絶叫が箱根の杉並木に木霊したが雪に搔き消され、すでに店仕舞いした茶店にも届かなかった。

富造を先頭に二頭の御馬は芦ノ湖畔を一気に駆け抜け、賽の河原から抜け、芦ノ湯への湯街道の坂道へとかかった。

さすがに駿馬だ。雪の坂道をものともせず一松の巨軀を軽々と運ぶ。

富造と一松は一気に坂道を上がり、峠の頂きで、

「どうどうどう」

と二頭の手綱を絞った。

芦ノ湯はもはやそう遠くはなかった。

二人は御馬の背にかかっていた油紙と寒さ凌《しの》ぎの刺し子布を剝《は》いだ。すると刺し子布に二頭の馬の名が縫い込まれていた。

富造の連銭栗毛《れんせんくりげ》は、疾風《はやて》とあり、一松が跨ってきた黒毛は初風《はつかぜ》という名であることが分かった。

「大安寺様、この御馬、どうなされるおつもりですな」

「まずは鵜塚八兵衛の行状次第よ。そなたの知り合いに一日二日預けてもよいか」

「わっしの親父にございますよ。芦ノ湯外れの猟師の専造《せんぞう》といえばすぐに分かりましょう」

一松は富造に手綱を預けた。

「どうなさるので」

「鵜塚の様子を見て参る。それから疾風と初風のことをゆっくりと考えようか」

「わっしは親父の小屋で待てばようございますか」

「明け方までには戻ろう」

「親父は猟師でございますゆえ、犬を何頭も飼ってございます。だれぞ知らぬ者が近付くとやかましく吠《ほ》えますゆえ、すぐに小屋が知れましょう」

「相分かった」

一松は馬で走ってきた山道を今度は徒歩で下った。賽の河原が遠望できる下り坂にかかった。すでに馬蹄《ばてい》の跡は降り積もる雪に消えていた。

坂下から風に乗って人の話し声がした。

「どっちに行った」

「温泉道か、畑宿の方角か」

「雪がすでに馬の足跡を消しておるぞ」

「えらいことになった、われらはどうなる」

「御馬が見付からねば、まず鵜塚様は腹を搔《か》っ捌《さば》くしか手はあるまい」

「鵜塚様は自業自得《じごうじとく》、ちと増長されたゆえ致し方あるまい」

「われらにお咎《とが》めがなければよいがのう」

「雪の中、御馬を探すなど無理じゃあ無理じゃあ。伊豆屋に参ろうぞ」

「怒られぬか」

「どうしろと言うのだ」

追っ手は本陣に戻る気配を見せた。

一松は彼らの足跡を辿《たど》り、箱根本陣中ただ一軒御馬宿を兼ねた伊豆屋近くに忍び寄った。

本陣では御馬が盗まれたというので明かりが煌々《こうこう》と灯《とも》され、関所役人も険しい顔で出入りしていたが、すべて御馬預の責任下で起こった出来事だ。

関所にも本陣にも責めがないだけに口先だけ、

「大変なことになりましたぞ」

「江戸に知らせなくてよいもので」

などと言い合うだけだ。

半狂乱になった鵜塚の、

「御馬を探せ、なんとしても探し出すのじゃあ!」

という絶叫が本陣の外まで響いてきた。だが、だれ一人夜の雪の中に出ていこうとする者はいなかった。

四

雪は一晩じゅう降り続き、明け方にやんだ。

箱根宿でおよそ積雪尺（三〇・三センチ）余、山に入れば一尺五寸（四五センチ）の大雪が降り積もっていた。

七軒の本陣脇本陣、三十六軒の旅籠はこの朝も旅人が動く気配はなく、ひっそりとしていた。

中でも御馬宿を兼ねた伊豆屋は、息を詰めたような重苦しい気配に包まれていた。足拵えも厳重な御馬預の一行が、数人ずつの組に分かれて御馬の疾風と初風の捜索に出たが、宿場外れの坂道で深い雪に阻《はば》まれた。何組かに分かれたはずの二十余人が集まり、

「山に入るのは無理ですよ、小頭」

と一行の最年長御馬飼小頭の佐野次三郎《さのじさぶろう》にお伺いを立てた。

「新の字《しんじ》、このまま伊豆屋に引き返せるものか」

「われら、どうなるので」

昨夜からの議論が蒸《む》し返された。

「鵜塚様の覚悟次第じゃな」

佐野はそれだけ言い、

「致し方ない。どこぞに旅籠か茶店を探して夕暮れまで時を稼ごう」

と御馬飼の新の字こと新五郎《しんごろう》を宿外れまで探しに行かせた。

箱根神社の鳥居近くに駕籠舁《か》きが集《つど》う飲み屋を探し出した新五郎に案内された一行が、

湖面に面した店に入り、扉を閉じた。

雪模様の箱根宿に四つ（午前十時）過ぎから陽が差し始め、旅籠で雪待ちを強《し》いられていた旅人のうち、男だけの連れが旅籠を出て山を下り始めた。

佐野らは酒を飲み喰らい、たっぷりと昼寝をして、八つ半（午後三時）の刻限密《ひそ》かに飲み屋を出ると箱根神社に向かった。

脚絆《きゃはん》を巻き、武者草鞋《むしゃわらじ》の足で境内に積もった雪を踏み均《なら》して濡らし、互いが全身に雪を掛け合うなど四半刻（三十分）余り無益な行動をとったあと、さも山中を捜索したという顔付きで賽の河原の伊豆屋に戻った。すると伊豆屋の玄関先に御馬方猪狩種五郎《いかりたねごろう》が待っていて、

「どうであった」

と首尾を訊いた。

「猪狩様、御馬盗人は昨夜のうちに山を下ったと見えてだれも疾風、初風を見かけたものはありませんぞ」

と報告した。

「佐野、しかと探したか。あの御馬盗人、ただの盗人とは違おう。箱根山中に盗んだ御馬を隠す厩《うまや》を用意しておるやもしれぬ。その点を考えて探したか」

「はっ、われら、難儀《なんぎ》しつつ甘酒茶屋まで街道の左右の山道に分け入って探しましたが全く痕跡がございませぬ。そこでわれらは昨夜のうちに箱根を下ったと推論致しました」

「ふーむ」

と腕組みした猪狩が、

「どうしたものか」

と自問するように呟《つぶや》いた。

「猪狩様、明朝より小田原宿に向けて出立し、街道の左右の探索を全員で行ないませぬか」

佐野は心にもないことを上役に進言した。

「箱根関所を通じて騒ぎはすでに小田原藩に達しているとみたほうがよい。われらまだ江戸へ報告をしておらぬ。いや、どうして御馬二頭失《な》くしましたと知らせられよう。小田原藩が江戸に遣いを走らせたとなれば、われらの立場はない、進退窮《きわ》まった」

「猪狩様、われら、どうなるので」

猪狩はしばし沈黙し、

「そなたらに切腹の沙汰《さた》はあるまい。だが、百俵十五人扶持の譜代席のおれの家はもはや終わりだ」

と言葉を押し出すように言った。

「猪狩家廃絶《はいぜつ》にございますか」

「この数日内に御馬二頭が無事に見付からねば、そうなろう。おれもこの腹を掻き切ることになる」

「なんということで」

佐野が他に道はないかという視線を上役に向けた。

「鵜塚様の覚悟次第、『責めはそれがし一人にある』と江戸に向けた書付でも残されると、われらに生きる道がないこともなかろうと思うがのう」

と猪狩と佐野らは奥を見た。

「八兵衛様はどうしておられます」

「昨夕から一睡もなされず酒ばかり飲んでおられたが、一刻前から酔い潰《つぶ》れて寝ておられる。此度ほど鵜塚様の用心棒与野精兵衛どのが同道しておられたことを感謝したことはないぞ」

「捜索の結果を報告なされますか」

「致し方あるまい」

と猪狩が奥へ入りかけたとき、伊豆屋の門前に雪塗れの飛脚が立った。

「こちらに御馬預様ご一行が宿泊しておられると聞いたがな」

「なんぞ用事か」

猪狩と佐野は、曰《いわ》くありそうな飛脚を伊豆屋の門の外に押し出した。

「おれは小田原宿を今朝方立ってよ、山に上がってきただよ。普段一刻半もあれば箱根宿まで辿り着くところをなんとこの刻限になった。えらい雪だ」

「そのようなことはどうでもよい。用とはなんだ」

「おおっ、そうだ。畑宿の手前に険しい坂があるのを承知か、お侍」

「『をんな転ばしの坂』か」

「それだ」

「それがどうした」

「『をんな転ばしの坂』から昨夜暴れ馬が何頭も谷に転がり落ちてよ、一晩じゅう鳴き声を上げていたというぞ。この宿に入ってきたら、昨夜御馬が盗まれたというではないか、その御馬ではねえかねえ」

「おおっ」

僥倖《ぎょうこう》に猪狩と佐野が喜色を浮かべた。

「谷底から引き上げられるか」

「おまえ様、箱根の谷を知らないね」

「谷底に落ちた御馬が死ぬとは限るまい」

「侍、谷底まで何百尺あると思うね。岩場にぶつかり谷川の激流にもまれたら人だろうと獣だろうと命はねぇ。昔から獣飲みの谷として知られてらあ。その馬もすぐに鳴き声が消えたというから、間違いなく死んだな」

「な、なんということが」

「おまえ様方の御馬かねえ」

猪狩が思わず首肯し、

「まずそれに相違あるめえ」

「ならばわれは関所に届けておこう」

「ま、待て」

猪狩は懐の巾着《きんちゃく》を摑み出し、一朱《いっしゅ》を飛脚の手に載せた。

「関所への届けはわれらから致す。そなたは当分口を噤《つぐ》んでおれ」

「明日になれば小田原から旅人が上がってくる、噂はすぐに箱根じゅうに広まる。口止めは無理だぜ」

「今晩だけでよいのだ」

「ならばありがたく頂戴しよう」

飛脚は一朱を受け取りながら、

（昨夜の大男の侍は一分を呉《く》れた。御馬預の役人はけちだぜ）

と思いながら、

「それではわっしはこれで」

と飛脚箱をかたかたと鳴らして関所の方角へと走り去った。むろん飛脚に虚言を吹き込み、伊豆屋に滞在している御馬預の役人にこのことを告げてくれと頼んだのは大安寺一松だ。

「万事休すでございます、猪狩様」

佐野の言わずもがなの言葉に頷いた猪狩が、

「奥へ報告して参る」

と重い足取りで式台から蹌踉《そうろう》と、奥座敷に上がっていった。

それから半刻、伊豆屋はさらに重く沈鬱《ちんうつ》な空気に包まれ、鵜塚八兵衛の慟哭《どうこく》が響き渡った。

玄関先の御馬飼らの耳にも、

「お覚悟を」

と切腹を勧める与野の声が聞こえた。

「他に道はないか」

と哀願するような鵜塚八兵衛の訴えも繰《く》り返された。

「この期に及んで武士が取るべき道は一つ。御馬強奪の経緯を記し、お腹を召されることにございます」

「与野、武士を捨てる」

「鵜塚家は、配下の者たちはどうなります」

「鵜塚の家は断絶か」

「鵜塚が生き残るためにも八兵衛様の潔《いさぎよ》い決断が要るのです」

その後、一刻ほど沈黙があった。突然、
うううっ
という押し殺したような泣き声で静寂《せいじゃく》が破られた。さらに直後、

「ええいっ」

という腹の底から搾《しぼ》り出されるような気合声が響き渡り、玄関先に集《つど》っていた佐野らが顔を見合わせ、

「腹を切られた」

「介錯は与野様ですな」

「間違いない」

「われらはどうなります、小頭」

と御馬飼の一人が小頭に訊いたとき、踉蹌として顔面蒼白の猪狩が玄関先に姿を見せた。

「見事切腹なされましたか」

猪狩が首を横に振った。

「死にとうはないと嫌々をする鵜塚様を、与野様が強引に首を落とされた」

悲鳴が上がった。

「江戸へ手紙を残されましたか」

「それも嫌じゃと申されて」

「となればわれらはどうなります」

猪狩はしばし沈黙していたが、

「おれは百俵十五人扶持を諦めた」

「御馬方の職を辞すると申されるので」

「江戸に戻り、詰め腹を切らされてもかなわぬ」

「か、家族はどうなります」

「この足で江戸に走り、長屋から家族を連れ出す。生きていればまた花実《はなみ》も咲こう」

佐野が上役の言葉に頷き、

「雪の夜道を小田原へと下りますか」

「全員なればなんとかなります」

二十数人の御馬預の配下たちが一様に頷き合い、仕度にかかった。

四半刻後、猪狩らは早々に雪道に飛び出すと、隊列を組んで小田原宿を目指した。その光景を呆れ果てた目で伊豆屋の人々が見送った。

さらに半刻後、鵜塚八兵衛の介錯をした剣客与野精兵衛が鵜塚の道中嚢《どうちゆうのう》を背に負い、本陣の玄関から去ろうとした。

「お待ち下さい。うちに首の離れた亡骸を置いていかれても困ります」

伊豆屋の主が与野を引きとめようとした。

「おれは御馬預の一員ではない、幕府の禄《ろく》も食《は》んでおらぬ。武士の情けで介錯を務めただけだ」

一文字笠の紐を悠然と締めた与野が、

「明朝、関所に知らせよ。関所が始末を致そう」

と非情にも言い捨てると、伊豆屋の門の外に出ていった。

数軒ほどの湯治宿が点在する芦ノ湯から、さらに山中に外れた猟師の専造の小屋を大安寺一松が見出したのは、富造と別れて一昼夜後のことだ。

犬が吠え、馬が小屋の羽目板《はめいた》を蹴る音を立て、富造が飛び出してきた。

「どうなりました」

「御馬預鵜塚八兵衛は嫌々腹を切り、配下の者たちは逃げ出した」

「呆れましたな」

と答えた富造が、

「もはや案じることはございませんので」

「いや、箱根の関所の目もある。この小屋に疾風と初風が隠されておることを知られては親父どのに迷惑がかかる」

「いかにしても長くは隠し果たせませんな」

「富造、今晩のうちに別の場所へと移したい」

「どこぞに馬を隠す場所がございますか」

一松は白銀山弾正ヶ原の小屋のことを話した。

「あそこなれば関所の目にも触れまい。だが、馬の飼い葉がない」

「御馬の背に飼い葉やわっしらの食料を積めるだけ積んでいきましょう。逗留が長くなるようならば、わっしが小田原まで下りて万屋から飼い葉を運んで戻ってきます」

「よし」

その夜の内に一松と富造は御馬の疾風と初風の手綱を引き、芦ノ湯から弾正ヶ原の小屋へと移った。

箱根の関所前で、綱吉の乗馬となる疾風と初風の二頭が強奪され、十日余りが過ぎた。

一松は二頭の御馬の面倒を見ながら、弾正ヶ原で時を過ごしていた。

富造は一人小田原宿に下り、飼い葉などを荷馬に積んで再び戻ってくる手筈《てはず》になっていた。

この日の昼下がり、一松は野天の道場で疾風と初風に散歩をさせた。風もなく穏やかな陽差しが野天の道場に落ちていた。

愛甲派示現流の稽古で打ち倒した立木や若木は綺麗に片付けられ、師の愛甲喜平太と猛稽古に励む前の平地に戻っていた。

一松は数日前から稽古に五体を苛《いじ》め、また疾風と初風の世話に明け暮れていた。

専造の小屋から運んできた飼い葉はもう底を突きかけていた。

今宵辺り富造が戻ってこぬと、二頭の飼い葉も一松の食料も尽きることになる。そんなことを考えながら手綱を引いていると、疾風の鼻が異変を嗅《か》ぎつけたようにくんくんと鳴った。

林の斜面を弾む息の音が響いてきて、藪《やぶ》を分けながら荷駄を積んだ馬が二頭姿を見せた。先頭の荷馬を富造が引き、二頭目をなんと尻を絡げた万屋の隠居の長右衛門が引いていた。

「大安寺様、これでお初が江戸に連れていかれる心配はなくなりました。真にありがとうございました」

と長右衛門が危難を取り除いてくれた礼を述べた。

「鵜塚様の始末ですがな、幕府では不始末をしでかした罪軽からずと箱根山の無縁墓地に打ち捨てることを命じられたそうな。今頃は埋葬が終わったころにございましょう」

「自業自得といえなくもなかろう」

長右衛門が疾風と初風の毛並みなどを見て、

「さすがに綱吉様の御乗馬に選ばれた二頭にございますな。いかにも優美で精悍《せいかん》な顔付きをしております」

と言うと、

「大安寺様、この二頭、どう始末をつけたもので」

「しばらくこの小屋で飼い、あと十日もしたころ、富造の親父どのが偶然にも箱根山中で見つけたことにせよ。それを小田原宿に下ろし、万屋の方から盗まれた御馬ではと江戸に知らされよ。一月遅れで江戸入りさせれば幕府も安堵《あんど》し、生類《しょうるい》好きの綱吉様も喜ばれよう」

「よい考えです。ひょっとしたら鵜塚家廃絶もなんとか免れるかもしれませぬな」

長右衛門がはたと頷いたとき、一松は弾正ヶ原に新たに近付く人の気配を察した。

杣人か猟師か。いずれにしても御馬のことは知られたくなかった。

ざわっ
と藪を掻き分けて一文字笠の侍が姿を見せた。

「富造、そなたら、尾行を連れて参ったようだぞ」

富造が悲鳴を上げた。

一松は道中羽織に袴の人物がだれか承知していた。

鵜塚八兵衛の介錯をした林崎無想流居合術の達人与野精兵衛だ。

「からくりがようやく分かった」

と与野が呟いた。

一松は疾風の手綱を富造に渡した。

「大安寺様、相すまねえこった、まさか」

与野へと歩み寄る一松の手は木刀だけを提げていた。

「そなた、鵜塚に義理があるか」

「義理はない。だが、そなたにおれの面子《めんつ》をずたずたに潰されてしもうた。これからの稼ぎにも差し支える。許し難い」

「どうしようというのか」

「殺す」

与野精兵衛は背に負った道中嚢を下ろし、羽織を脱いだ。

「つまらぬことを考えるでない」

「武士というもの、つまらぬことに拘《こだわ》りて生きるものでな」

与野精兵衛は腰の剣を少し腹前に寝かせるようにした。

一松との間合いは十間（一八メートル）以上もある。

「そなたとおれが戦えばどちらかが死ぬ」

「大安寺一松とやら、おれは相撲取りのようにはいかぬ」

「致し方ないか」

一松は木刀を立てた。

けえぇっ
怪鳥の鳴き声のような気合が弾正ヶ原に響き渡り、白銀山に木霊すると、一松がいきなり走り出した。

与野精兵衛も腰を落として野天の道場をするすると踏み出した。

間合いが一気に縮まった。

一松の巨体が地面を蹴って虚空へと高々と舞い上がった。

与野は間合いを詰めることに迷いはなかった。

一松の木刀が自らの背を叩き、跳躍から下降に移った。

ちぇーすと！

走り寄る与野精兵衛に向かって木刀が振り下ろされ、その下降の速度を読んだ与野が走りを止めて、刀の柄に手をかけた。

えええいっ
電撃の速さで刀が抜かれ、刃が白い円弧を描き、落下してくる一松の下半身から腹部を撫《な》で斬ろうとした。

その瞬間、一松の振り下ろす木刀の先から楔《くさび》形の波動が生じて真空が生まれた。
与野精兵衛の必殺の居合の動きが止まった。
「な、なにか」
経験したこともない金縛りと恐怖に与野精兵衛が襲われた瞬間、木刀が一文字笠を被った脳天を殴りつけた。
ぐしゃっ
と笠の下で頭蓋骨《ずがいこつ》が潰れる音がして、
へなへな
と与野の体が揺れ、押し潰されたように野天道場の地面に崩れ落ちた。
一松がそのかたわらに、
ふわり
と下りて、
「師匠、見たか。おれの雪割りを！」
と叫ぶ声が長右衛門の耳に届いた。

第三章　隠れ里の女

一

一松は着流しに草履履《ば》き、肩に師匠手造りの木刀を担ぎ、宮ノ下《みやのした》から早川沿いに仙石原《せんごくはら》への山道を辿っていた。

箱根路は寒さの中にも春の気配が忍び寄っていた。

早川のあちらこちらから湯煙りが上がり、長閑《のどか》な風景が展開されていた。

一松と与野精兵衛が弾正ヶ原の野天道場で対決して三日が過ぎていた。

一松の秘剣雪割りに脳天を砕かれた与野の亡骸は、愛甲喜平太高重の埋葬された場所の隣に穴を掘り、埋めた。

万屋の隠居の長右衛門がうろ覚えの経を上げ、富造が合掌し、一松が、

（武人の果てはこのとおり、おれの行く末だ）

と手も合わせずただ見詰める中、弔《とむら》いが終わった。

すでに弾正ヶ原に夜の帳《とばり》が下りていた。

富造と長右衛門は御馬二頭に荷駄を積んできた二頭の世話を慌《あわただ》しくして、新鮮な飼い葉と水を与えた。

長右衛門は改めて疾風と初風を見て、

「さすがに綱吉様の御愛馬に選ばれただけの駿馬ですぞ。御馬宿の隠居もこれだけの二歳馬にお目にかかったことはございません」

と目を細めたものだ。

荷馬は小屋の外に繋がれ、疾風と初風は小屋の土間に入れられた。

囲炉裏の火が熾され、富造が手際よく釜に飯を炊《た》くと、さらに土鍋に汁を作る仕度にかかった。

長右衛門が一松に改めて礼を述べた。

「大安寺様のお蔭で万屋は積年の胸のつかえが消えました。お初に婿養子を貰い、万屋を継がせます。松原明神社の相撲場で大安寺様にお会いしたのは神のお導きにございました」

と深々と頭を下げた。

「隠居、気紛れを起こしただけだ。礼を言われる覚えはない」

「いえ、違います。大安寺一松様は情を知ったお方にございます」

と一松に手を合わせ、懐から一松が万屋の座敷に置いていった礼金を差し出した。

「大安寺様、約束でございます、長右衛門の気持ちにございます。どうかお収め下され」

切餅《きりもち》（二十五両）二つが改めて一松の前に積まれた。

「おれの懐には賭け相撲で得た金子がいくらか残っておる。青天井がおれの暮らしだ、五十両など懐に入れておると重くて敵わぬ」

「大安寺様が邪魔だと申されるならば、知り合いなり家族なりこの長右衛門が為替《かわせ》にて送ります」

一松はそこまで言われて考えた。

房州九十九里《ぼうしゅうくじゅうくり》の白子浜《しらこはま》の家で一松の帰りを待つやえの身だ。やえは一人暮らし、さほどの費《つい》えはかからぬが、隣には腹を減らしたやえの弟妹たちが母親と暮らしていた。

「隠居、為替とは何処《どこ》にても金子に換えられるか」

「近くの両替屋に持ち込めば手数の代は取られますが換金できますぞ」

「ならば切餅一つを九十九里の白子浜の知り合いへ、残りを古利根川《ことねがわ》のほとり、一之江《いちのえ》村の尼寺連雀院《れんじやくいん》の庵主清泉尼《あんじゆせいせんに》に送ってくれぬか」

「畏《かしこ》まりました」

と引き受けた長右衛門が矢立と懐紙を出し、詳しくやえと清泉尼の名と所書きを聞き取り、記した。

五十両の処遇が決まり、ほっとした表情の長右衛門が、小田原から馬の背で運んできた酒を一松に勧めた。

「頂戴しよう」

三つの湯呑みに注ぎ合い、

「今宵は一松様のお師匠様の法会《ほうえ》と与野精兵衛様の通夜《つや》にございますな」

と長右衛門がそのことを思い出させた。

「御馬預の鵜塚八兵衛と知り合ったが与野の不運であった。剣一筋に生きれば一角《ひとかど》の剣客として全うできたものを」

「いえ、似た者同士が寄り添うた末のことです。致し方ございませぬ」

長右衛門が言い切った。

「隠居、明日には荷馬を引いて富造と山を下りられよ。この小屋に長居は無用だ」

「疾風と初風はいつ山から下ろしますな」

「そなたらが小田原宿に戻った頃合、それがしが二頭を引いて芦ノ湯の富造の親父どのを訪ねて手筈を整えようか」

「大安寺様、疾風と初風を芦ノ湯に戻すには人目もございますぞ、かえってあぶねえ。わっしが朝一番で親父の元に走り、二日後の夜明け前に親父を弾正ヶ原に寄越します。山歩きの途次に御馬を見つけた言い訳話に小田原の役人方も得心させられましょう。小田原藩でも行方を絶った御馬が出てきたとなれば、大喜びで江戸へ早馬を遣わせましょうな」

と火吹き竹を手にした富造が言い出した。

「大安寺様、そうなされませ。その方がなんぼかいい。私は富造の帰りを待って荷馬を引き、小田原に下りますよ」

「よかろう。専造どのが参られるまで疾風と初風の世話はおれが引き受けよう」

と相談がなった。

干物を炙《あぶ》ってそれを菜に酒を飲み、炊《た》き上がった飯に相模湾で採れた鰯《いわし》の切り身と大根を入れた味噌汁で夕餉をとった。

「大安寺様は富造の親父どのと一緒に小田原に下りて参られますな」

「隠居、それでは新たな厄介が生じようぞ。御馬を盗んだのはおれだぞ、そのおれが御馬と一緒に小田原に下りることはできまい」

長右衛門が一松を見て、

「大安寺様ほど大きなお体の侍はそうおられませんからな」

と首肯し、

「ならば弾正ヶ原に残られますか」

「もはや、師の菩提も弔った。専造親父と一緒に疾風と初風を街道まで下げたあと、足の向くまま気の向くままに道中に出ることになろう」

「大安寺様、秋にはお初の祝言を挙げます。そのころにはこの騒ぎも鎮まっておりましょう。小田原に立ち寄って下され」

「おれの頭が気紛れを起こさばな、そう致そうか」

「小田原宿万屋は大安寺一松様の家も同然ですぞ。いつなんなりと戻ってきて下されよ」

と長右衛門が酔った口で繰り返した。


仙石原の辻にかかると鶯《うぐいす》の声を聞いた。

辻を左手に向かえば芦ノ湖の湖尻《こじり》に出る。

一松は箱根に戻る気はさらさらない。乙女《おとめ》峠を御殿場《ごてんば》に抜ける山道を選び、辻にあった一膳飯屋に入った。猟師や杣人が集まるような、酒も飲ます飯屋だ。曰《いわ》くのある旅人しか通らぬ山道であり、立ち寄らぬ店だった。

専造と畑宿下の箱根路で別れて、すでに三刻（六時間）は過ぎていた。

馬方が濁《にご》り酒《ざけ》を飲んでいるのを見た一松は、

「爺様、酒を貰おう。なんぞ食うものはあるか」

と熊の毛皮で作った袖無しを着込んだ老爺《ろうや》に頼んだ。

「酒は濁酒《どぶろく》、食い物は蕎麦《そば》だ」

「それでよい」

老爺が店の奥に一旦引っ込み、一松は長いこと待たされた。老爺がだれぞと話し合う様子があって、一松は店の奥から盗み見られる気配を感じ取った。

「お待たせしましたのう」

縁の欠けた丼に注がれた冷えた濁り酒を手に、老爺がようやく出てきた。

「頂戴しよう」

「浪人さんはどっちに行くだ」

「御殿場へと抜けようかと思うておる」

「御殿場ねえ」

となおも思案の体の老爺がいった。

「ちいと頼まれてくれんかね」

一松はそれには答えず濁り酒を口にした。山歩きしてきた身にはなんとも冷えた濁り酒が美味かった。

顔を上げた。

老爺の上目遣いと合った。

「用とはなんだ」

「御厨《みくりや》の里まで道連れはいらんか、山道はよう承知しておられるぞ」

「御厨とはどこだ」

「おまえ様が行こうという御殿場と同じ土地と思え。御殿場は徳川家と北条様が深沢城を巡って争うたこともあった。徳川様の御代になった元和《げんな》二年（一六一六）に沼津《ぬまづ》の代官が家康様のために新町を作ろうと思うてな、御殿新町《ごてんしんまち》と名付け、いつしかそれが御殿場という呼び名になったんじゃあ」

山中の老爺は物知りだった。

「幕府の支配地か」

「いいんや、小田原藩の御領内だ」

一松は小田原領とは考えもしなかった。

「そなた、この山道を承知か」

「いや、初めてだ」

「追剝《おいはぎ》も出れば野伏せりも待ち受けておる。連れはそれを避けて通る道を承知じゃがのう」

「野伏せりか、退屈しのぎによいかもしれぬ」

濁り酒を飲んでいた馬方が目を剝《む》いて一松を見た。そして、なにかを合点《がてん》したように領き、

「六平爺《ろくへいじい》」

と呼んだ。

「なんだ、権八《ごんぱち》」

「この侍様は野伏せりなんぞに驚くものか。江戸の大相撲を四人も土俵に叩き付け、仕返しをしようとした相撲取り十数人を、ほれ、肩に担いでこられた木刀で打ちのめされた剛の方だ」

「いつの話だ」

「小田原宿に大相撲が来た折のことだ」

ほう、と唸った六平爺が、

「気に入った。御厨まで連れていってくれれば一朱出そう」

と一松に叫んだ。

「面倒は充分だ」

「そなた、冷たいな。濁酒の代わりは出ぬぞ、蕎麦も食わせん」

「腹を減らして乙女峠を越えよと申すか」

「山中じゃ相身互い、助け合わねば道中ができん」

「老爺、おれが盗人に変わらぬとだれが決めた」

「おまえ様が野伏せりに変じるというか」

「そういうこともあろう、連れにそう申せ」

濁り酒を飲み干し、酒代を投げて一松は立ち上がった。すると台所から人影が姿を見せた。

網代笠《あじろがさ》と竹杖を手にした女性《にょしょう》と老婆だ。すでに二人は旅仕度をしていた。

「もうし、六平爺が非礼な頼みを致しまして申し訳ございませぬ。このとおり詫《わ》びまする」

貴人の雰囲気を漂わせた女性が頭を下げた。

「無理にとは申しませぬ。六平爺に申し聞かせますで、酒《ささ》と蕎麦を召し上がっていかれませ。峠まではだいぶございます」

「その気が失せた」

一松は腰に長船兼光を差し込み、木刀を肩に担いだ。

「世話になった」

一松が乙女峠へ足を向けると女と老婆が同じように付いてきた。

「それがし、そなた方の連れを承知した覚えはない」

「頼んだ覚えもございませぬ。私どももたまたまそなた様と行き先が一緒というだけにございます」

女は二十歳を二、三歳過ぎた年恰好か、細面の整った顔立ちだった。

「山道とは申せ、猟師も通れば熊も勝手に通ります。私どもが歩いてなんの不都合がございましょう」

一松は言い負かされて、

「お先に参る」

と山道を大股《おおまた》で歩き出した。

女と老婆も必死で一松を追う気配であったが、だんだんと足音が遠くなり人の気配が消えた。

乙女峠は相模と駿府《すんぷ》境の峠、四千尺（一二一二メートル）余の金時山《きんときやま》の東南部にあった。

四半刻（三十分）ほど緩やかな山道を行くと険しさを増した。

濁り酒を飲んだせいで喉が渇いた。岩場から滲《にじ》み出す清水で喉の渇きと飢えを抑え、再び歩き出した。

なんの理由があってこの険しい峠を女二人で越えようというのか。

そんな考えが一松の脳裏を過《よぎ》った。

だが、次の瞬間、一松の足が止まった。

山道の真ん中に岩が立ち塞がり、左右二つに分岐《ぶんき》していた。辺りを探したがなんの道標もない。

一松は担いでいた木刀を道の真ん中に立て、手を離した。木刀は左の道へと倒れ掛かった。弾正ヶ原を根城に、箱根山中を狂気のように走り回っていた折は、脇差の勘で進むべき方向を定めた。箱根の地理が頭に飲み込めていたわけではない。

一松は木刀を摑むと左の道を選んだ。山道は深い林の中を蛇行《だこう》し、上がり下がりして続いた。そして、林を抜けたところで視界が開けた。

樹幹の間から湖面の一部が見えた。

芦ノ湖か。

ならば道を間違えたことにならないか。尾根伝いに箱根へと大きく迂回《うかい》して元に戻ろうとしていた。

「糞《くそ》めが」

一松は罵《ののし》り声を上げると、今来た山道を戻り始めた。片道四半刻は歩いたろう、陽が西に傾き始めていた。

山中で野宿か。

そんな覚悟をしながら岩場の分かれ道に戻った。すると途中の山道で後に置いてきぼりにしてきた女と老婆が岩場に腰を下ろし、悠然と竹筒の水を飲んでいた。

「おや、大汗を掻かれて道に迷われましたかな」

女が涼しげな顔で言う。

「この道、初めてゆえあちらこちらと散策に興じておったところだ」

「それは風流な」

女が飲んでいた竹筒を一松に差し出した。近くに水場はない、一松は迷った末に手を出した。

女が口をつけて飲んでいた竹筒の口から芳《かぐわ》しい香が漂った。

一松は竹筒から口を離して水を飲んだ。

「馳走になった」

水を残して女に戻した。

「飲み干しなされ、この先に水場がございます」

一松は残りの水を飲んで、
ふうっ
と息を一つ吐いた。

「そなた、この山中の道、承知のようだな」

「その昔、わが一族の領地にございますれば承知しております」

まさかと思いつつ、

「北条家の所縁《ゆかり》の者といわれるか」

女が頷いた。

「承知なればおれに連れを頼むこともあるまい。かえって足手纏《まと》いになろうが」

「六平爺も申しました。箱根山中には野伏せりも山賊の類《たぐい》もおります」

「そなたがそやつどもに怯《おび》えておるとも思えぬ」

ふっふっふ

と女が含み笑いした。

「そなたの名はなんと申されますな」

「大安寺一松」

「わらわは北条氏直《うじなお》が末裔《まつえい》、六斎清女《ろくさいせいじょ》にございます」

「怪しげかな」

「そなた様もな」

一松が苦笑いした。

「そろそろ参りませぬと日が暮れます」

清女が竹杖を手にした。

「これから道は一本にございますれば迷いようもございませぬ」

一松は山中で狸《たぬき》にでも化かされた気分だ。いつしか女と老婆の先導役を務めさせられていた。

「乙女峠は岩場の分かれ道からおよそ四半刻にございます」

「御厨には日があるうちに着きそうもないな」

「ございません」

と清女が平然と答えた。

「そなたら、最初から山道で夜を過ごす気であったか」

「一松どの、怖うございますか」

「おお、怖いわ。箱根山中に魑魅魍魎《ちみもうりよう》が棲《す》むというが、見目麗しい女のほうがなんぼか怖いぞ」

清女が、

ほっほっほ

と笑い声を上げ、

「ほれ、あそこが乙女峠にございます」

と杖の先で一松の前方を指した。

二

乙女峠から茜色《あかね》に染まった天空に堂々と浮かぶ富士の姿が見えた。

一松は思わず、

おおっ

と感嘆《かんたん》の声を上げた。

「この峠道で一番感動する場所にございます。よい刻限に通り合わされた」

と清女が言い、杖を下ろした。

三人はしばし峠の風に吹かれながら時を過ごした。

「さて山中で野宿を考えねばなるまいが、どこぞ寒さを避ける洞《ほら》でも知らぬか」

一松は平然とした顔付きの主従《しゅじゅう》に訊いた。

三千余尺の峠だ。陽が落ちれば気温が急激に下がり、場合によっては凍死《とうし》しかねない事態にも陥《おちい》る。春の気配を感じるとはいえ、陰暦二月の山中のことだ。

「なくもございませぬ」

「そなた、最初から魂胆《こんたん》あっておれに同道を願ったな」

清女と老婆は充分健脚で、峠道をよく熟知していた。

ほっほっほ
と清女が笑い声を上げ、

「そろそろ参りましょうか」

と下り坂を竹杖で指した。

老婆が初めて先頭に立った。続いて清女、そして、最後に一松の順になって峠道を下った。

山は登りより下りが危険だ。登りで疲れた足が思わず浮石《うきいし》や倒木を踏み、体を支えきれず倒れて足首を捻《ひね》ったりするからだ。だが、老婆も清女もすでに足元が薄暗くなりかけた山道をすたすたと一定の速さで下りていく。

「一松どのは魂胆あって私どもが誘われたと申されましたな。なんぞ覚えがございますか」

前を行く清女が振り向きもせず訊いた。

「懐にある金子はすでに一両そこそこ、金子ではないな」

「金子ならば差し上げます」

「さてなにを考えて、どこぞに誘われるか。命を取ろうというなればできぬこともあるまいが、そなたらも相応に死人が出ることを覚悟せよ」

ほっほっほ

という笑い声がまた山道に起こった。

「江戸相撲を十数人も打ちのめした大安寺一松どのの力です。そのような無益徒労はこの清女、考えませぬ」

「ならばなんだ」

「参っての楽しみとなされませ」

下り坂の道が巨岩に阻《はば》まれ、先頭の老婆が清女の足元を見ながら巨岩を迂回《うかい》した。すると水音が聞こえてきた。

すうっ

と辺りの空気も涼しく、いや、身震いするほど寒くなった。

「浦島太郎は助けた亀に誘われ海の底に参り、女衆に囲まれ、栄耀栄華《えいようえいが》の暮らしを続けました。山に竜宮城《りゅうぐうじょう》があってもおかしくはございますまい」

「陶酔《とうすい》の日々の代わり、おれの命は一瞬のうちに玉手箱《たまてばこ》の煙とともに消え失せるか」

「人の世は泡沫《うたかた》、それもまた一生にございます」

岩場の間の道は下っていた。

一松はいつの間にか本道を外れていたことに気付かされた。

明かりも灯さず岩清水が冷たく流れる岩場の間の狭い道を進むと、前方から冷たい風と一緒に飛沫が降りかかってきた。

清女が網代笠を傾けて水飛沫を避けた。

「ちと冷たい思いを致します。なあにほんの一瞬召し物が濡れそぼりましょうが、後ほど着替えなされ」

視界が開けた。

すでに残照も夜の闇に溶け込もうとしていた。そのかすかな光に白く浮かぶ瀑布《ばくふ》の滔々《とうとう》とした流れが横手に見え、辺りに飛沫が舞っていた。

「足元に気をつけなされ。踏み外せば二百余尺下の滝壺に落ちます」

「落ちればどうなる」

「さて未だ亡骸が上がった者はおりませぬ、どうなることやら」

清女が答え、

ほっほっほ

と笑った。

岩場から落ちる水の幕の中に先導の老婆の姿が没し、清女が続いた。

一松は躊躇《ちゆうちよ》した。すると滝の中から竹杖が差し出された。

一松は竹杖を握って水が流れ落ちる中に入った。

全身に水を浴びた。だが、それは一瞬で、ふいに滝音が小さくなり、滝裏の道が岩場に刻まれて延びているのがかすかに見えた。岩壁に綱が張られていた。

「天正十八年（一五九〇）二十一万余の豊臣秀吉の軍勢に小田原城を囲まれて、ついに落城致しました。関八州の覇権を奪われた北条一族が細々と生きるために縋《すが》ったのが、箱根の天然の要害《ようがい》にございますよ」

「そなたらが北条氏直どのの末裔と申すは真実か」

「お疑いですね。真実かどうか、大安寺一松様ご自身の目で確かめなされ」

老婆が綱に手をかけ、冷気が支配する滝裏の道を進み始めた。ものの一町（一〇九メートル）も進んだか、ふいに松明《たいまつ》の明かりが灯る里が見えた。苫葺《とまぶ》きの大きな三角屋根の家々が広場を囲んであちらこちらに点在していた。

諸国に平家の落人《おちうど》の里があって末裔が暮らしているというが、一松は箱根山中に、

「北条一族の隠れ里があるのか」

という疑いを口にした。

「いかにもさようです」

家々から人影が集まり、清女と老婆を出迎えた。丁重な応対から推測して清女がこの者たちの主か、または位が上であることが察せられた。

異なことは、出迎えの者が女ばかりということだった。

（男はどうした）

一松は顔に滴《したた》る水を拳《こぶし》で拭い、隠れ里を見回した。

山中の岩場や鬱蒼《うつそう》とした密林を利して里が造られていた。その集落は昨日今日に造られたものではなく、少なくとも何十年かの時の経過が感じられる、それほどしっくりとした

佇《たたず》まいだった。

「徳川が江戸に幕府を開いておよそ百年近くが過ぎた。まさか箱根山中にこのような場所があろうとはな」

「一松どのが見ておられる里は夢幻ではございません。明日になればはっきり致しましょうが、徳川幕府からも小田原藩からも見捨てられた地がわれらを生きながらえさせたのです」

「見捨てられた地とな」

清女の顔が天の一角に向けられた。その視線の先に黒々とした富士の頂きが尖《とが》って見えた。

「富士は生きたお山にございます。時折噴火を致しますゆえ、この地は土壌が瘦《や》せて、農作物を作るに適しませぬ。里や町を造り上げたところでお山が怒ればたちまち赤い溶岩流の下に没し消えます」

「そなたら、富士に守られて生きながらえたというか」

「いかにもさようにございます」

清女は一松に、

「こちらへ」

と自ら案内に立った。

広場を横切り、行く手を塞《ふさ》ぐ何百尺もの屹立する岩壁へ通ずる石段を登った。岩に刻み込まれた自然の石段だった。

その間にも男衆の姿は一人も見なかった。

巨大な岩壁に高さ十数間、幅五、六間の割れ目があって自然の門を形造り、篝火が赤々と灯されていた。さらに石段を上がると平地に出た。堂々とした木組みの玄関が現われた。

「清女様、お戻りなさいませ」

どこで女主の帰宅を見ていたか、小女が二人、濯《すす》ぎ水を桶に入れて運んできた。

小女の一人が清女の草鞋の紐を解き、足袋を脱がせて足を清めた。

「おれはよい」

もう一人の小女が一松の足に手をかけようとするのを断わり、一松は草履を脱いで桶の水に足先を突っ込んだ。

なんと微温湯《ぬるま》だった。

小女から手拭を借り受け、足の水を拭い取った。

「着替えを用意させまする。濡れた召し物はおひろに預けなされ」

と清女が言い残して、もう一人の小女を伴い、奥に消えた。

「なんだか、狐に抓《つま》まれているような気が致す」

一松はおのれの頬を指先で抓んでみた。痛みが走り、それが現実のことだと知らされた。

愛らしい顔立ちのおひろが、襦袢と縞模様の小袖を持参してきた。

一松は滝の水に濡れた黒小袖をおひろに渡して着替えた。

師匠の形見の脇差を差し、長船兼光と木刀を手におひろに案内されて、竹が敷かれた廊下を幾曲がりも曲がって進んだ。

洞窟の中に造られた屋敷は森閑《しんかん》とした静寂に包まれ、こちらにも男衆の気配は感じられなかった。

「こちらへ」

竹の廊下から板襖《いたぶすま》を開いて座敷に上がった。

四十畳ほどの板の間があって、さらに一段高いところに十二畳ほどの座敷があった。

一松が案内されたのは畳座敷だ。

大きな脇息《きょうそく》と絹の座布団が二組あった。紅殻《ベンガラ》壁に行灯の明かりが映《は》えてなんとも艶《なまめ》かしい。文机《ふづくえ》など明らかに女の使う道具に感じられた。

「しばしお待ちを」

おひろが姿を消し、一松は違い棚に長船兼光と木刀を立てかけた。

脇息に肘を預けてみたが落ち着かない。

（なんの謂《いわ》れがあってこのような隠れ里に誘われたか）

静寂と思えたが、じっと耳を澄ますと水音がかすかに響いていた。

一松は閉じられた障子を開いてみた。

「なんと……」

一松が絶句する光景が広がっていた。

窓の外、眼下に黒々とした箱根山中の森が広がっていた。水音はそこから響いてくるのだ。窓の周りを切り立った岩壁が囲み、天井には洞窟の一部が巨大な軒のように張り出していた。

北条家の隠れ里の本丸は自然が作り出した巨大な岩壁の洞や、割れ目を利して造られていた。

窓下には岩場に柱が組み上げられて、座敷を支えていた。

一松は愛甲喜平太が亡くなった後、弾正ヶ原の小屋を塒《ねぐら》に箱根山中を昼となく夜となく木刀を振り回しながら走り回り、足腰を鍛えた。

その修行は年余も続いたのだ。白銀山の尾根筋の山々ばかりか上下の二子山《ふたご》、駒ケ岳《こまがたけ》、神山《かみのやま》、台ヶ岳《だいがたけ》、火打石山《ひうちいしやま》などどこも踏破した覚えがあった。

だが、乙女峠の下り坂からどこへどう抜けたか、ここは一松にも未知の里だった。

うーむ
人の気配がした。

清女でも小女でもない。

殺気を漲《みなぎ》らせた者たちが忍び寄っていた。

一松は違い棚に立てかけた木刀を取りにいこうか迷った。

だが、一松は行灯の明かりを吹き消し、再び寒気が入り込む窓の傍に戻ってひっそりと立っていた。

板の間に十数人の黒い影が現われた。

その手に抜き身が、薙刀《なぎなた》が構えられ、一松がどこにいるのか探った。そして、窓辺に立つ一松を発見すると、包囲の輪を縮めようとした。

自らの位置を相手に気付かせた一松はすたすたと畳座敷を下りて板の間に身を入れた。

黒い影が無言の裡《うち》に円に囲んだ。

「好き好んでこの岩屋に招かれたのではない、その代償がこの歓迎か。芸があるならば一指し舞うてみよ」

影が一気に輪を縮める様子を見せ、二、三歩踏み込んで、さっと後退した。さらに前進と後退が繰り返され、一松を混乱させようとした。

だが、一松は脇差にも手をかけず黒い輪の動きを見詰めていた。

踏み込み、後退、それぞれ微妙に異なっていた。

無言の行動が段々と速くなり、一気に輪を縮めた。

その瞬間、一松は反動もつけずに飛翔して輪の外に出ていた。そして、手近な影の手にした小太刀を奪うと峯《みね》に返して、肩口を軽く叩いた。

それでも相手は、なよっとして、
あっ
という悲鳴を上げ、その場に崩れ落ちた。

輪の一角が思いもかけず外側から崩されると、影は慌てて身を転じ、一松に殺到した。

一松は連携を崩されたにもかかわらず踏み込んでくる影を引き寄せ、飛び込んで峯に返した小太刀で叩き伏せた。

暗黒の中、数瞬で戦いは終わり、板の間のあちこちに影が転がった。

ほっほっほ

と清女の笑い声が響き、影がすごすごと板の間から消え、明かりが灯された。

畳座敷に清女が脇息にもたれて座していた。

「なんの座興か」

「大安寺一松どのの腕前を知りたかっただけのこと、お許し下され」

「女を叩き伏せるは好みでない」

清女がまた笑い声を上げげた。

「今、酒《ささ》を持参させまする」

酒、肴《さかな》が用意された。女たちは一松に顔を伏せて、海の幸山の幸が按配《あんばい》よく盛られた膳を置くとすぐに立ち去った。皆、黒装束で一松に襲い掛かった女たちだ。

「手加減したが二、三日は痛みが残ろう」

一松の言葉に黙って頷いた清女が、一松に酒器を持たせた。

「今度は酔い潰す気か」

「大安寺様を酔い潰すには砦《とりで》の酒蔵《さかぐら》の酒がなくなりましょう」

一松は銚子《ちょうし》から酒を受けた。

「おれになにをさせようというのか、申せ」

「まずはお飲み下され」

一松は酒を口に含んだ。

上方の灘《なだ》か伏見《ふしみ》か、上酒だ。

「濁り酒も野趣《やしゅ》があってよいがこれには敵わぬ」

清女が一松の空の器を取り、注ぐように催促《さいそく》した。一松が替わって酒を注ぎ、清女がゆっくりと口に含んだ。

「この地が小田原領であることは六平爺の説明でご存じですね」

一松は頷きながら、六平爺も隠れ里の一族かと得心した。

一松は蜘蛛《くも》の網にかかった獲物なのだ。

「大久保様が再び小田原に十万三千石で入封が許されたのは今から七年前のことにございます。この七年の間に領内の巡察を終えられ、十万三千石の他に隠し田を探し、なんとか年貢《ねんぐ》を増やそうと躍起《やっき》になっておられます。小田原で入費がかかるのは酒匂川の治水《ちすい》です。数年置きに洪水がおき、田畑が流されて元の木阿弥《もくあみ》にございます。途方もない金食い虫です」

清女の話は一松が予測もできないことだった。

「大久保家では箱根山中に目をつけ、一年前から山奉行支配下の山役人を猟師も杣人も踏み込まぬ山奥にまで入らせ、材木伐採《ばっさい》などを考えておられます」

「小田原藩の山役人がこの砦を見つけたか」

「はい、偶然にも山で仲間とはぐれた栃木平左《とちぎへいざ》と申される若い山役人が、この隠れ里に迷い込んだのでございます」

「始末致したか」

清女が顔を横に振った。

「いきなりそのような乱暴は致しませぬ。女の一人に傅《かしず》かせ、栃木をこの里の人間にしようと試みました。ところが数ヵ月後、栃木平左は小女のおすげを殺して逃亡を計ったのでございます」

「小田原城下に舞い戻ったか」

「はい。そして、栃木は箱根山中に女護ヶ島《にょごがしま》があると藩庁に報告したのでございます。私どもはその夜のうちにその栃木平左を始末し、亡骸を隠しました。藩がこの役人の報告を信じるかどうか、私どもは固唾《かたず》を呑《の》んで見守りました。どうやら大久保家では山で迷うた栃木がいい加減な作り話をしておると考えられたようで、この騒ぎに幕が引かれたのです」

一松の酒器に清女が酒を注いだ。

「ところが一人だけ信じた者がございました、板鳥吉蔵《いたどりきちぞう》と申す山奉行です。板鳥と手下どもが密かにわが砦近くまで入り込んでくるのがしばしば目撃されるようになりました。板鳥一行がそのうちこの砦を見つけるのは必至にございます」

「清女、おれに山奉行どの一行を追い払えと申すのか」

「追い払うだけではなく、板鳥吉蔵が幻覚を見るほどに乙女峠の山麓下は怖きところと頭に刻み込ませねば、われらの暮らしはこれまでのように安穏《あんのん》としておられませぬ」

「そなたらが北条一族と申すならば、北条早雲以来の武士がおろうが」

「それにございます。そなたに二つ目の願いが残ってございます」

と清女は一松に椀の蓋《ふた》を差し出し、

「盃などでは足りぬようです、こちらにお替えになられませ。夜は長うございます、話はゆるゆると申し上げましょう」

それを持たせるとなみなみと注いだ。

三

一松は酒を飲み、料理を食し、陶然《とうぜん》とした気分になっていつしかとろとろと眠りに落ちようとしていた。

「そなた、毒を盛ったな」

「大安寺様に毒を盛ったとて無益にございましょう。それよりもなんぼかよきものを差し上げました」

ほっほっほ
という笑い声が一松の耳に甲高く響いた。

「この里には男はおらぬのか」

「それにございます」

一松は羽化登仙《うかとうせん》の心地よさに身を委《ゆだ》ねながらも清女の話に耳を傾けていた。

「相模国を本拠に関八州に覇権を打ち立てた北条一族に、越後《えちご》の上杉《うえすぎ》が大軍を送り込み、攻め落とそうとしたこともございました。北条と上杉の死闘は十年にもわたりました。北条一族の居城である小田原の城は幅三間（五・四メートル）高さ六間（一〇・八メートル）余のめぐり五里と称する土塁《どるい》ですっぽりと囲み、長い防衛線を駆使して、幾多の上杉軍の猛攻を耐え忍び、追い払いました。北条の強さは平山城の城囲い、めぐり五里だけではございません。包囲軍の後方から地侍たちが急襲して、上杉軍を悩ませたのでございます。北条は小田原城を中心に平地の戦いでは抜群の強さを発揮しました。だが、それでも豊臣と徳川の連合軍に敗れるときがきた。天正十七年（一五八九）、秀吉公は北条氏討伐《とうばつ》を諸国の軍勢に命じ、二十万の軍勢が北条側の支城を一つひとつ落としながら小田原城に迫りました。小田原城の長い防衛線であるめぐり五里に対し、秀吉様は稲葉山《いなばやま》に杉原紙《すいばらがみ》を張った一夜城を造り、この太閤の一夜城が北条側の動揺を招いたのです。いつ果てるともしれない小田原評定《ひょうじょう》のあと、氏直どのは織田信雄《のぶかつ》どのに和議の調停を申し出られ、秀吉様の力の前に屈服したのです。わが先祖、氏政《うじまさ》様、氏照《うじてる》様、氏直様は切腹を命じられましたが、氏直様だけが家康様の許しを得て、助命され、高野《こうや》山に追放されたのです。その折、氏直様の一族の一部がこの箱根山中に再起を目指して隠れ住んだのでございます」

一松の耳には清女の言葉が半分も届かなかった。

清女はそれが分かっているのかどうか、話を続けた。

「われらが父祖の地は、この相模国小田原にございます。秀吉の一夜城に抗して、この岩場に一夜砦と称する城館を築き、再興を願ってきたのです。だが、山中では暮らしていけても世に打って出る機会も失せ、軍資金も得られませぬ。そこで男衆が里に下り、関八州に散って、身分を隠してそれぞれ商いやら屋敷奉公をしながら、金子を稼ぎ、北条一族の再起を目指すことに相なりました。今でもあちらこちらにわが北条家の縁のものが根を張って生きております。一夜砦は百年砦と呼びかえられるほどに時が過ぎ、いつしかこの隠れ里は女だけが守る女護ヶ島に変わったのです」

「男衆は戻ってくることがあるのか」

一松はふわりと眠りに落ちそうになる誘惑に抗して訊いた。

「お盆の数日、この隠れ里を男衆が訪れます」

「そなたら、未だ北条の再興を願っておるか」

「秀吉どのは天下統一後間もなく死に、豊臣も滅びました。残ったのは秀吉公の盟友の家康どの。世は徳川一族の御世と変わり、磐石の幕藩体制が敷かれております。今や北条が再起するのは難しゅうございましょう。北条再興はただのお念仏、男衆の大半は里の暮らしを第一に考えておられます」

「そなたらも山を捨て、里に下りることを考えぬか」

「男衆が望みを捨てても、山に残った女には百年の孤独の苦難に耐えた意地がございます」

「意地に生きても小田原藩の山奉行一人に潰されては致し方あるまい」

ほっほっほ
と清女が笑い、

「大安寺一松どの、そなたのお種を清女に下さりませ。強い男を産んでわれら北条女一族の再起に挑みます」

清女の目がきらきらと光って一松を誘惑した。

「二つ目の頼みとはこれか」

「いかにも」

「驚いたわ」

「女の執念は男衆よりしつこうございます」

「そなたが北条の血筋と申すなら、おれの血ではもの足りまい。おれは摂津三田藩九鬼長門守の江戸屋敷の中間の子よ。曰くがあって江戸所払いになった悪童よ。ほんものの侍ではないぞ、偽侍じゃあ」

一松はいつしか自らの出自と侍を目指した曰くを語っていた。さらには薩摩との幾多の闘争をも喋っていた。

ほっほっほ

と清女の笑い声が響いた。

「ますます気に入りました。戦国大名の多くは野伏せり、百姓からの成り上がりにございます。われらが北条早雲様の出自も定かではございませぬ。北条女一族が再興するためには、大安寺一松様のように薩摩を敵に回して孤軍奮闘するほどの力が要りまする」

一松の手から椀の蓋がぽろりと落ち、重い睡魔に襲われた。

ふーう
（箱根の狐狸《こり》に騙《だま》されて長き夢を見たものよ）

一松はいつしか褥《しとね》に横たわっていた。

とろとろとした眠りの中で一松は考えていた。すると衣擦《きぬず》れの音がして、白い長襦袢の清女が褥に入ってきた。

「夢ではないのか」

「夢はこれからにございます」

清女の手が一松の寝巻きの襟に忍び込んで、胸を柔らかく包み込むように撫《な》で摩《さす》り始めた。

一松の頭は快楽に冴《さ》え冴《ざ》えとしてきた。

「おれは中間上がりの悪松と呼ばれた男だ、据《す》え膳食うて逃げ出すやもしれぬ」

「それなればこの清女に見る目がなかっただけのことにございます。生まれたやや子は千尋《ちひろ》の谷に落としてそなたの種を消しまする」

「怖い女よ」

「百年、この山中で耐えてきた女です。情などどこぞに忘れなければ生き抜けませぬ」

清女が一松の寝巻きをがばっと剝《は》がした。一松も清女の純白の長襦袢を緩慢《かんまん》な手付きで脱がせた。

清女の白く、たおやかな乳房が一松の前にあった。かたちのよい乳房を一松の唇が嘗《な》めた。

清女が、
うっ
という呻《うめ》き声を上げると胸を反《そ》らした。

一松は清女の胸の谷間に顔を埋めた。

「一松どの」

清女が思わず一松の名を呼びながら、一松の下帯を外した。

顔を胸から外した一松は、蠢《うごめ》き惑《まど》うしなやかな清女の姿態《したい》を眺めた。

「一松どの、今宵は寝かせませせぬ」

いつしか一松の睡魔は消えて、尽きせぬ欲望に全身が突き動かされていた。

「そなたが北条家の末裔なれば徳川は敵じゃな。その徳川を倒すほどの一松様の種を授けようぞ」

「頂戴します」

一松は清女の体を両腕に抱き締めた。

清女も一松の体を受け止めた。

白い肌と褐色の肌が絡み合い、時に苛《さいな》め合い、時に慈《いつく》しみ合って際限のない官能の時に身を委ねていた。

二人の脳裏から時の流れも遠くから響く滝音も消えていた。

「一松どの、そなたのものを」

「くれと申すか」

「早う、参らせませ」

「こうか」

一松は怒張した一物を清女の秘部へと突き立てていた。

「い、一松どの、た、たまらぬ」

一松の脳裏には江戸城を取り巻く北条の大軍の先陣を切って馬を走らせる若き総大将の勇姿が浮かんだ。荒々しくも突進する若武者は、一松が清女の腹に宿した子であった。

ほっほっほ
清女の笑い声がした。

夢か、幻か。

一松は欲望のすべてを清女の秘部に搾《しぼ》り出すように注ぎ込んだ。

「一松どの、そなたの種、たしかに頂戴しましたぞ」

朝、眠りから覚めた。

刻限は障子にあたる陽差しの加減から五つ半（午前九時）の頃合かと推量した。

褥の中に清女の姿はなく、一夜を共にしたという痕跡も残っていなかった。

（やはり夢か）

一松は寝床から起きた。

（それにしてもよう眠った）

脇差を差しただけで座敷を出た。竹で敷かれた廊下を玄関へと、勘を頼りに向かった。

人の気配はどこにもなく森閑としていた。

玄関が見えた。

初めて人影を見た。

老婆が玄関の拭き掃除をしていた。乙女峠を一緒に越えてきた老婆だ。

「主様《あるじ》、お早うございます」

しわがれ声を初めて聞いた。それにしても主様とはどういう意味か。

土間に草履が揃えられた。自然が穿《うが》った巨大な洞窟を出た。

一段低い広場では幼い子供たちが遊んでいた。この中には男の子も混じっていた。ということは隠れ里では男子がある年齢に達すると里へと下ろされるのではないか。

広場の一角から機織《はたおり》の音が、
ばたんばたん
と聞こえてきた。

広場の中央には幹回りの径が五尺（一五一センチ）はありそうな赤松の大木が一本すっくと立っていて、広場はそれを中心に楕円《だえん》形をなしていた。

広さはおよそ千五、六百坪あると一松は見た。そして、広場の周りに苫葺きの三角屋根がぐるりと囲んでいた。

侵入者を迎え入れたとき、家々の表戸を下ろし、広場の出入り口を塞げば、家の二階から弓を射て、攻撃できるように計算して造られていた。

一松は広場の真ん中の赤松の下に立った。

高さは六、七十尺（約二〇メートル）もあろうか。

子供たちは一松を見ていたが、集まってくる様子はなかった。ちゃんと躾《しつけ》がなされていた。

清女は北条の末裔と言ったが、一松はすべてを信じたわけではなかった。だが、隠れ里の造りといい、子供たちの挙動といい、武家の血筋を引いた者たちと推測できた。

広場に面した苫屋根の家々の背後には、岩壁の麓《ふもと》まで石垣が綺麗に組まれて段々の畑地が取り巻いていた。だが、それは二方で滝川の方角には見えず、樹海の上に富士の峰が浮かんでいた。

どこで見ていたか、清女が一松の元へと姿を見せた。

この日の装いは洗い晒《ざら》した木綿《もめん》物だが、それがかえって清女に若々しくも清々《すがすが》しい娘の印象を与えていた。

「よう眠られましたか」

「不覚にも眠り込んだ」

「一松様の体がそう求めているのです。時にはすべてを忘れて眠ることも大事にございます」

一松は額に汗をうっすらと掻いた清女を眩《まぶ》しく見た。

「仕事をしておったか」

「隠れ里では幼き子を除き、全員が働きまする。私は機織を十二の時から続けてきました」

「女主は額に汗など掻かぬものと思うていた」

「皆と一緒に働いてこそ主にございます。またここではだれもが働かねば生きてはいけませぬ」

「驚いた」

と呟いた一松は、

「小田原藩の山奉行一行はどうしておる」

と話題を変えた。

「隠れ里の南東の樹海を段々とこちらへ近付いてきております。明日にも隠れ里を見つけても不思議はございませぬ」

「人数はいかほどか」

「板鳥吉蔵は山役人五人に小田原宿で見つけた剣客四人を加え、さらに山案内を兼ねた猟師二人を連れております。厄介なのは、鉄砲を持った二人の猟師の扱いにございます」

「一行には見張りがついていような」

清女が頷いた。

「ならば今晩のうちに追い払おうか」

「なんぞ思案が立ちましたか」

「六斎清女どの、昨夜はたれぞに責められてそのような思案が立つ余裕などなかったでな」

清女の頬がうっすらと赤く染まった。

「われらが味方は何人か」

「隠れ里の守りには年寄りから赤子まで加わります。その数、二百三十余人に達します」

一松は隠れ里の住人が予想以上に多いことに驚かされた。

「ただし森に入り、男の寄せ手を相手に戦える北条娘子軍はせいぜい数十人にございます」

「皆に会いたい」

「承知しました」

「隠れ里は武器蔵を持っていような」

清女が頷く。

「ご覧になりたければ後ほどご案内致します。その前に朝餉《あさげ》をお召し上がり下さい」

清女が一松を再び洞窟の館へと案内していった。

朝餉は自然の山葵《わさび》をすりおろした蕎麦がゆ、煮しめ豆腐に山牛蒡の漬物だった。

「山中のことです。このようなものしかございません」

一松は昨夜の膳部の塩魚が贅沢な食べ物であったことを思い知らされた。

「おれには山海の珍味より蕎麦がゆが口に合う」

「大名屋敷の中間部屋ではなにが出ますな」

「他の大名家の台所は知らぬ。朝はかゆ、夕餉は麦飯に鰯の煮付けがつけば馳走《ちそう》でな。普段は具も入っておらぬ味噌汁に古漬けが常であった」

「江戸の大名屋敷の食膳はさように貧しきものですか」

清女が驚きの表情を見せた。

「そなた、江戸を知らぬか」

「江戸も京も知りませぬ。私の知る都は大久保どのに預けた小田原にございます」

玄関の方で甲高い人声がして、竹廊下に慌しい足音が響いた。

「おかめ、何事です」

清女が言った。

「お方様、おくらが一人立ち戻りましてございます」

老女の声がして、板戸が開かれた。

黒衣の女を従えたおかめが控えていた。

「おくら、異変か」

「お方様、おゆうどの、おまんどのが落命致しましてございます」

「いかなる仔細《しさい》で二人が命を落としたか」

「山奉行板鳥吉蔵には別行の者がおりまして、山奉行本隊を見張るわれらの側面から種子島《たねがしま》の攻撃を受け、おゆうどのとおまんどのが落命、おさきどのが肩を射抜かれました」

「そなたら、別行の者が回り込んだに気付かなかったか」

「お方様、別行の者には小田原宿当麻朝右衛門《とうまあさえもん》どのが道案内に従っておられます」

「なにっ、当麻が裏切りおったか」

「さよう考えざるを得ませぬ」

「おのれ、当麻め。北条一族の武士にあるまじき所業をなしたか」

「お方様」

とおかめが口出しした。

「当麻どのは博奕狂いにございますれば、早晩このような事態が予測されました」

「それにしても里に下った男衆の不甲斐《ふがい》なきことよ」

と清女が柳眉《りゅうび》を逆立てた。

「当麻は一族の者だな、この隠れ里をよう承知しておるな」

「いかにも、すべてを承知です、大安寺どの」

一松は蕎麦がゆの丼を膳に戻し、箸《はし》を投げ置いた。

「別行の者は何人か、おくら」

「五、六人かと思われます」

「本隊に加え、二十人近くが隠れ里に迫りおるか。清女どの、武器蔵に案内してくれぬか」

清女がすっくと立ち上がった。

四

北条家の隠れ里の武器蔵は、一夜砦洞窟館の地底にあった。

扉が開かれ、明かりが灯されて、百畳はあろうかという武器蔵の全貌が浮かび上がった。

壁際に戦国時代の槍、薙刀、大太刀、馬具、陣羽織、軍扇《ぐんせん》、鳶口《とびぐち》、弓、旗印、軍旗などが飾られてあった。大半が錆《さ》びていて使い物になりそうにない。

一松は五挺の種子島の前に立った。

「大安寺どの、その種子島、豊臣軍との合戦に使われたのを最後に引金が落とされたことがございませぬ。山中とはいえ銃声を憚《はばか》って使うことがなかった種子島にございます、今や武器蔵の飾り物にございます」

と清女が恥ずかしそうに説明した。

「相手には飛び道具がある、こちらもなんぞ対抗したいが」

「わが北条娘子軍には山にても使い易い短弓がございまして、娘子軍の全員がなかなかの射手にございます」

「よし」

一松は武器蔵の中央に飾られた大鎧《おおよろい》に目をつけた。

「この館が建てられたのが今から六十余年も前の寛永《かんえい》年中にございます。その折、館完成を祝って里に出ていた男衆が砦の守り神として京の甲冑師に注文したものにございます」

革と鉄薄板金で作られた大鎧は、赤糸縅《おどしい》伊予札《よざね》鉄地三日月飾り胴具足《ぐそく》だった。

鉄の兜《かぶと》に赤革が張られ、黄金色に輝く三日月形の角が頭上に反りあがり、大兜の八幡座《はちまんざ》から白毛が左右の頬に垂れていた。兜の下の面頬《めんぽお》も赤革で作られていた。

「大きいな」

「守り神ゆえ大きく作られたものと思えます」

「おれが着用してよいか」

思いがけない一松の言葉に清女が一松を振り見た。

「赤大鎧で寄せ手を脅されますか」

「二度と山に近寄らせねばよいのであろう」

「すでにおゆうとおまんの二人の命が失われております」

と答えた清女が、

「大鎧も時に外の冷気に触れとうございましょう。おかめ、われらが手で大安寺一松どのに大鎧を着せまするぞ」

「承知しました」

おかめが腕まくりをした。

赤革胴を着け、面頬と兜を被り、具足手甲を着けると身の丈七尺（二一二センチ）に近い戦国武者が出来上がった。

武器蔵の板の間を歩いてみた。最初は窮屈《きゅうくつ》に見えた甲冑具足だが、さすがに京の甲冑師が作り上げた逸品だ、手足を動かしてみるとそれなりに動けた。

「清女どの、それがしの長船兼光を下され」

「はっ、お館《やかた》様」

と思わず清女が答えたほどに堂々とした武者振りだった。

刃渡り三尺一寸八分（九六センチ）の兼光がこれほどぴったりとしたこともない。

一松は左手に兼光を提げ、武器蔵を歩き回って間合いを見ていたが、おもむろに端に立つと、鞘から兼光を抜き放った。

「六斎清女、鞘を持て」

一松の命に、

「畏まってございます」

と清女が一松の差し出す鞘を両の袖で受けた。

一松の手に長船兼光の長剣が残った。

呼吸を整えた。

「参る」

自らに言い聞かせた。

高々と兼光を武器蔵の高い天井へと突き上げた。

けえぇっ

と腹の底から搾り出された気合声が響き渡った。武器蔵の空気がぴりぴりと震えるほどの激しさだ。

一松が走り出した。

清女もおかめもおくらも戦国武将が立ち現われたかという思いに呆然自失とし、言葉を失っていた。だが、その驚きは早かった。

走り出した一松の体が虚空へと高く高く飛び上がった。

おおっ
女たちのどよめきの中、武器蔵の天井に高々と構えられた長船兼光が天を突くほどに、虚空に巨軀を飛ばした一松の腕が振り上げられた。三日月形の兜飾りの横手から兼光の峯が甲冑の背を叩き、その反動を利して、前方へと振り下ろされた。

その瞬間、
ちぇーすと！

の気合が吐き出されて、兼光が前方の空気を斬り割った。

刃先の前に楔形の真空が生じ、それが圧倒的な力を呼んで、武器蔵の空気を真っ二つに両断した。

あっ
清女ら三人はその場に金縛りに遭ったように竦《すく》んで、目玉だけで大鎧の赤武者が軽やかに床に着地したのを見た。

「だ、大安寺様、そなたは……」

清女が絶句し、

「出陣の刻限ぞ、案内《あない》せえ」

「はっ」

と清女たちが畏まった。

赤糸縅伊予札鉄地三日月飾り胴具足の武者を真ん中にして、箱根山中を七人の娘子軍が走っていた。

昼なお暗い木下闇《このしたやみ》が続く樹海だ。

清女だけが白地の忍び衣装で他の者たちは黒衣だった。黒衣の娘子軍は背に短弓を負い、腰に矢筒を下げていた。

一松は腰に長船兼光を佩《は》き、手には愛用の木刀を提《さ》げていた。

隠れ里から四半刻も走ったか、先頭を行くおくらが足を止めた。前方に三つの影が現われた。

北条娘子軍は富士の噴火が造り上げた地底の洞に身を隠していたのだ。

三人の娘子軍が呆然と赤武者を見た。

「案ずるでない。北条早雲様が遣わされた赤武者様だ。大安寺様の命はわが命と思え」

と清女が三人に伝えた。

「おさきの銃創どうか」

「高熱を発しておりまする」

「会おう」

清女が動こうとした。

「待て」

洞窟の入り口は狭く赤大鎧を着た一松が入るには難しい。

「山奉行の一行はどこにおる」

と一松が訊いた。

「これより東南へ半刻ばかり下った谷川にて隠れ里への侵入の時期を窺って待機しております」

「案内してくれぬか」

清女が出迎えた三人のうちの二人に案内役を命じた。

「ご先導申します」

二人の黒衣の娘子軍が走り出した。

一松も続いた。大鎧は重く、一松の自由を奪った。だが、一松はそれに抵抗するように力を漲《みなぎ》らせて走った。

白い飾り毛を後ろに靡《なび》かせて、赤の大鎧武者が暗い樹海の下を行く光景は幻想的であった。

先導する二人の足が止まり、藪陰から別の娘子軍が姿を見せた。その先に大きな岩が行く手を塞いでいた。見張りの娘子軍が驚いて一松を見上げた。

「お味方です」

と案内役を務めた娘子軍が説明し、仲間が呆然としつつも頷いた。

「山奉行板鳥吉蔵一行はどこにおる」

「岩場下にて夜になるのを待ち受けております」

「見たい」

娘子軍は一松が赤大鎧のままで岩を登るのを無理と見たか、

「こちらへ」

と岩場を大きく迂回《うかい》する山の斜面上へと案内する様子を見せた。

娘子軍二人が案内した山の斜面から樹海にぽっかりと開いた大きな穴が見え、小田原藩山奉行板鳥吉蔵らが夜を待つ姿が見えた。

その地は大きな岩場の一角から細い一筋の岩清水が流れ出るところで、風も吹き通っていた。

山仕度の十数人が思い思いの恰好で休息していた。

「当麻朝右衛門はおるか」

「岩の頂きで山奉行となにやら話す者が当麻にございます」

当麻だけが身軽な出《い》で立ちで、この山に慣れていることを示していた。山奉行の板鳥吉蔵は大兵だ。

「あの地から夜道を歩いて隠れ里に辿りつくにはどれほどの時間がかかるな」

「当麻様がおられますゆえ一刻半（三時間）にございましょう」

夜半に到着するとしたら、まだ動き出すには数刻の猶予があった。

「洞に戻ろうか」

一松は板鳥らが動き出す前に仕掛けることを考えて、清女と相談しようと考えた。急ぐ要はない。娘子軍を先に立て、再び樹海の木下闇に入り込んだ。

一松は甲冑に段々と慣れていた。最初は息苦しさを感じた面頬すら馴染《なじ》んできた。

「ちと待て」

娘子軍の二人が一松の声に歩みを止めた。

「便意を催した。ちと待ってくれぬか」

若い娘二人が顔を見合わせ、困った顔をした。

「この甲冑さえなければ待たせることもあるまいが」

「落とし紙をお持ちですか」

「そのような気の利いたものはないわ」

一松は葉っぱで拭こうと考えていた。

「これをお使いくだされ」

娘の一人が懐紙《かいし》を差し出した。

「木刀を持っておれ」

懐紙と木刀を交換し、藪陰に入った。甲冑を着けたまま尻を絡《から》げて糞をするのは難事だった。

ふうーっ
一松は用を済ませて大きく息を吐いた。そのとき、

「見つけたぞ、こやつら、隠れ里の娘子軍じゃな」

という声がした。

「二人か、ひっ捕まえて味見をせぬか。山中の行軍で気持ちがくさくさしておるわ」

「山奉行め、われらを人とも思うておらぬでな」

「常八《つねはち》、種子島の筒先をしっかりと娘に向けておれよ、おれがまず身包《みぐる》み剝《は》ぐでな」

いっひっひひひ
と下卑《げび》た笑い声がした。

一松がのっしのっしと姿を見せたのはそのときだ。種子島を構えた猟師の背後に立った気配に、娘子軍の二人に近付こうとした浪人の一人が気付いて呆然と見た。

「な、なに奴か」

猟師がゆっくりと後ろを振り返り、恐怖に身を竦ませた。

「て、箱根山の天狗様」

筒先がぶるぶると震え出した。

一松が悠然と歩み寄ると赤大鎧の真っ白な飾り毛を振り回し、銃身の筒先を摑んで大力で横手に引っ張った。

悲鳴を上げた猟師の体が種子島を放すと竹藪へ吹っ飛んだ。

一松の手に種子島が残された。

「そなたら、箱根山の神域を穢《けが》しおったな」

面頬の中から一松が睨《にら》み、重々しい声が二人の剣客を錯乱《さくらん》に陥れた。

「わ、われら、頼まれただけにござる」

「お、お許し下され」

「ならぬ」
赤大鎧を身に着けた一松は身の丈七尺。その巨軀が二人の剣客には何倍も大きく映った。
竦む二人に一松が近付き、震える手で剣を抜いた浪人の脳天を種子島の銃床《じゅうしょう》であっさりと殴りつけた。
げええっ
種子島が無造作に翻《ひるがえ》り、後退《あとずさ》りして逃げようとした仲間の浪人の首筋を殴りつけた。
首の骨が、
ぼきっ
という不気味な音を立てて折れ、体が潰れるように倒れ込んだ。
一瞬の早技だ。
一松は手にしていた種子島を岩場に叩きつけた。銃身が、
ぐんにゃり
と曲がった。腰を抜かして身動きつかぬ猟師の前に曲がった種子島を投げた。
「命が欲しくば仲間を誘《さそ》いて山から去《い》ね」
猟師ががくがくと一松に向かって頷き、ぶるぶると震える手で種子島を摑むと、それを

引き摺《ず》りながらよろよろと逃げ出した。

一松の大力に言葉を失い、呆然としていた娘子軍の一人に、

「あやつの後を追い、様子を確かめよ」

と命じた。


その夜、北条の隠れ里を探しにきた小田原藩大久保家の山奉行板鳥吉蔵一行は混乱に落ちていた。

熱に浮かされたように、銃身が曲がった種子島を提げて蹌踉《そうろう》と戻ってきた猟師の常八の尋常《じんじょう》ならざる様子が恐怖を呼んだ。

「常八、どうしたぞ」

「あ、赤天狗様じゃぞ」

仲間の問いに常八はうわ言を繰《く》り返した。

小田原城下で雇われた浪人四人の残り二人も、

「犬飼《いぬかい》氏と佐々木《ささき》どのはどうした」

と常八の胸倉を摑んで問い質《ただ》そうとしたが、常八の口は、

「赤天狗様のお怒りに触れたぞ、種子島で殴り殺されたぞ」

とわけが分からぬ呟きを繰り返すばかりだ。

「そんな馬鹿なことがあるか。犬飼も佐々木も武者修行十年にわたる剛の者だ。山に潜む魑魅魍魎《ちみもうりょう》などに驚く者ではないわ」

と仲間の一人が吐き捨てた。

「常八の様子は尋常じゃねえ」

と猟師仲間がいい、常八が提げてきた鉄砲を調べた。

「板鳥様、常八の種子島の銃床にべったりと血糊《ちのり》が付いておりますぞ」

一松が犬飼の脳天を殴りつけたときに、銃床に付いた血糊と脳漿《のうしょう》を恐ろしげに示した。

「こ、これは」

さすがの浪人仲間も言葉を失った。

「板鳥様、一度里まで退《ひ》いてはいかがにございますな」

山役人の一人が山奉行にお伺いを立てた。

板鳥は腕組みして考えていたが、

「なんぞのまやかしじゃぞ。この近くに北条の女ばかりが隠れ潜んでいることは確かなことだ。そなたら、宝の山を目の前に小田原に逃げ帰るというか」

板鳥が当麻朝右衛門を見た。先ほどから沈黙を続けていた北条一族の裏切り者当麻が、

「分からぬ」

と呻いた。

「分からぬとはどういうことか」

「隠れ里には男はおりませぬ。まして赤天狗などいるはずもない」

「娘子軍がなんぞ幻術を使うたか」

「そのような技は持ち合わせておらぬ」

山奉行一行は、「夜のうちに隠れ里を攻撃する」という者と「朝まで待って小田原に引き上げる」という者に二分された。

そんな議論がなされている板鳥一行を、六斎清女率いる娘子軍が静かに取り囲んでいた。

「さてどうするな」

「大安寺様、当麻朝右衛門が隠れ里の秘密を山奉行板鳥吉蔵に漏《も》らした以上、奴ら一人として生かして山を下ろすわけには参りませぬ」

清女が無情にも宣言した。

「皆殺しにせよと申すか」

「百年の秘密はそうやって保たれたのです」

清女が娘子軍に弓矢攻撃を命じた。

「待て、おれがまず奴らを脅しつける。怯《ひる》む隙《すき》を狙え」

一松が清女らの元を離れた。

「よし、これより隠れ里を急襲致す。小田原に帰ると言う奴はこの板鳥吉蔵が成敗してくれん」

と眦《まなじり》を決し、抜き身を構えた板鳥が決断した。

一行十数人がのろのろと立ち上がった。

「当麻どのは北条の隠し金が何万両も秘匿《ひとく》されていると申されておる。若い女のみならず、金銀財宝宝の山に手をかけようとしているのだぞ！」

板鳥が一行を鼓舞した。

おおっ！

雄叫《おたけ》びが一行から上がった。

当麻が案内の先頭に立つべく隠れ里の方角に体を向けた。

その瞬間、樹間を通して差し込む月光に赤糸縅伊予札鉄地三日月飾り胴具足を着込んだ一松が木刀を手に姿を見せた。

「わあっ、赤天狗様じゃあ、お許し下せえ」

常八が喚《わめ》いてその場に土下座した。もう一人の仲間も鉄砲を構えるどころか腰を抜かして常八の傍らに尻餅《しりもち》をついた。

「板鳥様、北条の娘子軍じゃあございませんよ！」

配下の山役人が恐怖に駆られて、逃げ出そうとした。

「待て！」

と叫んだのは当麻朝右衛門だ。

「こやつ、小田原城下にて江戸相撲を手玉にとった大男の扮装《ふんそう》やもしれぬ。あやつ、木刀を常に持参しておったぞ」

と言い出したのは板鳥吉蔵だ。

「板鳥どの、いかにもそやつの扮装かな。隠れ里の女主六斎清女が聞きつけ、あやつの力に頼ったのかもしれん。この赤糸縅は隠れ里の武器蔵に飾られてあったものに間違いない」

「からくりの種が割れればなんのことがあろうか。猟師ども、種子島でこやつを撃て！」

板鳥の命に猟師がおずおずと種子島を構えた。

「当麻朝右衛門、そなたの裏切り、許せぬ！」

清女の声が響き、弓弦の音が鳴った。

赤大鎧の主が人間と知った一同が、刀や槍を構えて反撃に出ようとしたその出鼻をくじいて、数人の者の胸や腹に矢が突き立った。

うううっ！

猟師が狙いも定めず種子島を次々に発射した。

ずどーん、ずどーん！

と銃声が響き、弾丸が一松のはるか頭上を飛び越えていった。

一松が足を踏み鳴らした。

「やっぱり赤天狗様じゃあ、命だけはお助け下され」

震え上がった猟師二人が藪陰に身を隠して逃げ出した。

「一人残らず殲滅《せんめつ》せよ。生かして里に帰すでない！」

清女が叫んだ。

娘子軍が弓を捨て、剣を抜いた。

真っ先に板鳥一統に飛び込んだのは清女だ。

「当麻朝右衛門、六斎清女が成敗《せいばい》してくれん」

「女の分際で増長しおったな」

清女の小太刀と当麻の剣が打ち合わされた。

だが、娘子軍に立ち向かったのは板鳥の配下の数人だけだ。旗色が悪いと見たか、雇われ浪人も猟師の後を追って逃げ出した。

当麻の剣が清女の小太刀を攻め込んでいた。後退《あとずさ》りする清女の足が笹に滑《すべ》り、尻餅をつくように倒れた。

「死ね、清女、おれが隠れ里の主にとって代わる！」

当麻が叫び、倒れた清女に剣を叩き付けようとした。

一松は手にしていた木刀を投げた。それが当麻の背を打ち、

うっ

と呻いて上体を反らした。

「清女、今じゃぞ！」

一松の声にはっと我に返った清女の小太刀が、当麻の腹部から胸へと突き上げられた。

あわわっ！

当麻が硬直したように立ち竦《すく》んだ。

それを見た板鳥吉蔵が、

「者ども、一旦引き上げじゃあ！」

と退却の命を下した。

山奉行一行が囲みを破り、浪人たちを追って逃走に移った。

清女が小太刀を抜くと当麻朝右衛門の体が、
どさり
と倒れ込んだ。

飛び起きた清女が娘子軍に、

「よいか、追跡して一人残らず仕留《しと》めよ」

と命じ、ちらりと一松を見ると自らも追跡の一人に加わった。

戦いの場に一松だけが取り残された。

ふうーっ
と息を一つ吐いた一松は、三日月飾りの兜を脱ぎ、面頬を剝ぎとって夜気を胸いっぱいに吸い込んだ。

(さてさて板鳥らは逃げ果《おお》せるか、運次第よ)

と胸の中で一松が呟き、岩場に這い上がるとごろりと横になった。

第四章　岩場勝負

一

一松ひとりが赤大鎧を担ぎ、隠れ里に戻りついたのは夕暮れのことだ。広場に向かって付近の岩峰や山々から濃い夕靄《ゆうもや》が漂い下りていた。

赤松の高みから縄が下がり、北条一族を裏切った当麻朝右衛門の死体がすでに逆さ吊りにぶら下げられていた。

苫屋根から炊煙《すいえん》が静かに立ち上っていた。だが、静けさの中にも隠れ里には緊張があった。

娘子軍の二人、おゆうとおまんの亡骸が里に戻り、広場の裏手にある寺の本堂に安置されていた。さらには怪我をした一人、おさきも里に運ばれて戻っていた。

一松は姿を見せない目がいくつも迎えたのを知った。

洞窟館の玄関で一松を迎えたのは老女のおかめだ。

「清女どのらは里へと逃げる山奉行の残党を追っていったわ、掃蕩《そうとう》戦には一日ほど掛かろうか。当麻朝右衛門は清女どのが始末なされた」

「裏切り者を吊り下げましたでな、承知です。なんにしても祝着至極にございます」

おかめの表情が緩《ゆる》んだ。

「おかめ、おれに酒をくれ」

「ただ今」

一松は赤大鎧を武器蔵に戻し、座敷に戻った。

障子を開けると雲海の上に雪を被った富士の峰がぽっかりと見えた。

一松は隠れ里の張り詰めた空気が解けたのが分かった。おかめに山奉行板鳥吉蔵一行が逃散したのを知らせた結果だろう。

「酒をお持ちしました」

おかめが盆に銚子と酒器を運んできた。

「弔いはお方様が戻ってからか」

「いかにも勝ち戦《いくさ》の報告を聞いて執り行ないます」

と答えたおかめが、

「夕餉はお持ちしますか」

「貰おう」

一松は独り酒を飲んだ。半刻ほど時をかけて銚子の酒を飲んだ。

酒を飲み終えた刻限、蕎麦がゆが運ばれてきた。

「ただ今娘子軍の一人が報告に戻って参りました。乙女峠を越えて四人が未だ逃亡しておるとのことにございます」

「里に出られてはそなた方には厄介じゃな」

「いかにも」

おかめの顔にはなぜ清女に同道しなかったかと書いてあった。

「当麻朝右衛門は小田原藩に奉公しておったか」

一松は洞窟館の玄関先から望める当麻の亡骸に視線を送った。

「馬廻り役五十七石にございました」

「当麻には家族はおらぬのか」

「城下に女房と子がおりました。里で所帯をもたれた方の家族はこの隠れ里に上がることが叶いませぬ、また、家族に秘密を漏らすことも禁じられております」

「これまで当麻のような裏切り者は出なかったか」

「いくつかございましたが、なんとか秘密は守られてきたのです」

「山奉行の板鳥はこの隠れ里に北条一族が残した埋蔵金があると申しておったがな」

「当麻朝右衛門はそのように埒《らち》もない噂に惑わされて山奉行と手を結びましたか。愚か者にございます」

おかめも裏切り者の制裁の光景に目をやった。

「ただの愚か者かどうか」

「大安寺様は埋蔵金を信じなされますか」

「信じるも信じないもおれにはとんと関心がない」

おかめと話しながら蕎麦がゆを啜《すす》り、腹を満たしたところでごろりと横になった。


どれほど眠り込んだか、一松が目を覚ますと障子戸の向こうに次の日の夕暮れが訪れていた。一松は一昼夜眠り込んだことになる。

一松は脇差だけを腰にして広場に出た。

広場を囲む家々から明かりが漏れていた。

一松は広場を囲む家並みの裏手へ延びる路地に巨軀を入れた。幅一間ほどの路地の正面に石段があった。

念仏が洩《も》れてきた。

おゆうとおまんの亡骸が安置された寺だ。

一松は石段を登った。すると石段の上におかめが立ち塞がるように姿を見せた。

「回向《えこう》をしたい」

一松にとっては退屈しのぎだ。

「回向とあらばお断わりするわけにも参りませぬな」

予期せぬ訪問者に念仏の声が止まった。

一松は本堂で大きな円になって集う百余人の中に初めて男衆の顔を見た。だが、だれもが腰が曲がり、頬のこけた老人ばかりだ。通夜の者全員で大きな数珠《じゅず》を両手に抱えていた。

一座の真ん中に黒い戦衣を着せられた二人の娘子軍の亡骸が安置されていた。

一松は一座の好奇の目の中、二人の娘の顔を輪の外から見下ろした。

その顔には山中で過ごす緊張から解放されてか、どこか安堵したような表情が加わっていた。

一松は黙したまま座した。すると念仏が再び始まり、大きな数珠が会葬者の膝の上から上へと回り始めた。

懐手《ふところで》をした一松だけが輪の外にいた。

数珠玉の音と念仏の声が気だるくも続き、ゆるゆるとした時が流れていく。

一松は不意に立ち上がった。

本堂を出ると石段を下りた。広場に出ると赤松の、当麻朝右衛門の死体の吊り下げられた下に男が立っていた。

小田原藩山奉行の板鳥吉蔵だ。

「そなた、小田原には向かわなかったか」

「なんとしても隠れ里を暴きたい一念でな」

板鳥が羽織を脱いだ。

裁《た》っ付《つ》け袴《ばかま》に手甲脚絆《てっこうきゃはん》で武者草鞋を履いていた。

「どうやらこの者の腐臭がこの隠れ里に導いたようだな。当麻はそなたとの約定を死んで果たしたことになる」

板鳥が声もなく笑った。

「女主はそなたらを追って不在だ」

「大安寺一松に用だ」

「おれに？」

「わが企てを阻んだ咎《とが》許し難い、相応の裁きを受けてもらおうか」

板鳥が剣を抜いた。

一松は懐に片手を入れたままだ。

「やめておけ、当麻に同じく命を捨てることになる」

「勝負はやってみなければ分からぬ」

板鳥は一松が大剣も木刀も持たぬことに賭けていた。

「愚か者が」

板鳥吉蔵の正眼の構えを見た一松の顔が険しくなった。なかなか堂々とした構えで、命を捨てる覚悟の武士の潔《いさぎよ》さがその態度に表われていた。

「その腕なれば大久保家でも一、二を争うはずであろうに」

「山奉行の家禄が何石か承知か。わずか五十七石で城に上がることもなく山歩きばかりだ。いつまで経っても下士の貧乏暮らしは変わらぬ」

「それで北条の埋蔵金を狙ったか」

「隠れ里を探し続けてようやくその地に辿りついたのだ。おれの目で確かめたい」

「その前にこの大安寺一松を斃《たお》すことだ」

「そなた、おれと組まぬか」

「当麻朝右衛門を味方にできてもおれは無理だ」

「戦うしか道はないか」

「ない」

板鳥が正眼の剣を右肩の前に立てて引き付けた。八双の構えから息を止めたその顔が見る見る紅潮した。

はっ

と息が吐かれた。

雪崩《なだ》れるように突進してきた板鳥との間合いを見つつ、一松は反動の素振りも見せずその場で飛翔した。

おっ！

という驚きの声がして、八双の剣を一瞬止め、板鳥は一松の下降を待った。だが、板鳥が想像したよりも一松の飛翔は高く、滞空時間は長かった。

一松は当麻の亡骸を見下ろしつつ、脇差を抜き、それを頭上に高く差し上げた。

ちぇーすと！

一松の口を吐《つ》いた叫びが隠れ里の広場を震わせ、瀑布が一気に落下する勢いで板鳥に襲いかかった。脇差の振り下ろしとともに空気が割れて、楔形の真空が板鳥に襲いかかり、金縛りにした。
その直後、一松の巨体が板鳥に伸し掛かり、
がつん
と不気味な音が木霊して、板鳥吉蔵の脳天に脇差がめり込んだ。
ふわり
と一松が着地した後、
どさり
と板鳥が斃れ伏した。

清女らは掃蕩戦に苦労しているのか、その夜も次の日も戻ってこなかった。さらにその翌日未明、六斎清女と娘子軍らが疲労困憊《ひろうこんぱい》の体で戻ってきた。おかめに知らされた一松は広場に向かった。

一松に斃された板鳥吉蔵の亡骸は当麻のかたわらに並んで、赤松の枝に逆さ吊りにぶら下げられていた。

清女が汗みどろの顔で、

「まさかこやつが隠れ里に入り込んでいようとは」

と一松に呆然と呟いた。

「ご苦労であった。こやつの他は仕留めたか」

「最後の一人は小田原城下上方口見附に駆け込む寸前に斃しました」

「望みを果たしたわけか」

「山奉行は城下に逃げ戻り、どこぞに身を潜めたと思うておりました。そこで数人を小田原城下に残し、新たな対策を考えようと隠れ里に戻ってきたところでした」

二人は風に揺れる亡骸を見た。

「大安寺どのはこのことを推量して隠れ里に戻られたのでございますか」

「そうではない。掃蕩戦はそなたらの務めと思うただけのことだ」

清女が頷き、ようやく疲れた顔に笑みを浮かべた。

掃蕩戦の一行が通夜の数珠送りに加わり、再び念仏が唱えられた。

一松はそんな様子を本堂の片隅で酒を嘗《な》め嘗め、聞いていた。

未明、二人の亡骸が早桶に詰められ、寺の一角にある墓地に埋葬された。

弔いが終わり、六斎清女と一松は洞窟館に戻った。

清女は湯浴みをして白い寝衣に着替えると、

「一松どの」

と一松の体に縋りついてきた。

「清女、再びそなたと交わればおれはこの地で生涯が果てる気が致す」

「わらわの体の疼《うず》きを無視なされますか」

清女の手が一松の手を取り、襟の間に誘い、乳房を触らせた。

「柔らかいぞ」

「これが女子の体にございます」

一松の掌が乳房のふくらみを撫で摩ると官能の悦びに清女のしなやかな体が反り返り、縮まった。

「一松様、あやつどもを一人また一人と死の淵《ふち》に追い詰めながら、わらわの頭は一松様のこの体を思うておりました。そなたの腕に包まれ、揉みしだかれる光景を思い描いておりました」

清女は北条一族の滅亡を避けるために侵入者を殺戮《さつりく》しながら、一松に抱かれる想念に苛《さいな》まれていたと告白した。そして、死の淵から生還した清女の喜びがいつ果てるともつかぬ欲望へと駆り立てていた。

一松も清女の悦楽に応えて清女を責め苛んだ。そんな肉欲の日々が幾日幾晩も続いた。

一松は清女と交わりを重ねる度に体内から精気が吸い取られていくことを承知してい
た。

生きる気なれば隠れ里を去るときと分かっていた。だが、清女と昼となく夜となく繰り返される褥の交わりに溺れ、去るきっかけを摑めないでいた。

清女の白くも吸い付くような肌の温もりに接するとき、そして、めくるめく官能の悦びに浸るとき、

(おれはもはや清女の誘惑に抗しきれるものではない)

と諦めにも似た考えにさせられた。

一松は清女との交わりを重ねれば重ねるほど死の想念が濃くはっきりと脳裏に浮かび、

(清女の体に溺れ、殺される)

自分が分かっていた。それが分かっていながら、隠れ里から出られなかった。

その日、清女は洞窟館に一松を残し、おゆうとおまんの初七日法要に行った。

一松は湯殿に入り、水を被った。

清女と交わった情欲の残滓《ざんし》を洗い流しながら、失せた精気を考えていた。

(この体で隠れ里を出ることが叶うか)

山奉行ら一行のように、隠れ里を知った一松は今や死の淵に立つ己をはっきりと承知していた。

清女は一松の精気を吸い尽くし、屍《かばね》にするまで欲望の褥へと誘い続けるであろう。

最後の一杯を被り、よろめくように湯殿に立ち上がった。

湯殿の格子窓と洞窟の割れ目を通して、広場の赤松が望めた。

縄で吊り下げられた板鳥吉蔵の腐った亡骸を烏《からす》が突いていた。すでに当麻朝右衛門の肉は食いちぎられて白骨がぶらさがっているだけだ。

その下では隠れ里の子供たちが無邪気にもわらべ歌を歌いながら遊び戯《たわむ》れていた。

（生きる）

という希求をはっきりと得たのはこの瞬間だった。

湯殿から座敷に戻った一松は剣の師・愛甲喜平太の形見の脇差と、かつて箱根の山中で山賊から奪い取った長船兼光を腰に差した。すると力が蘇る感じを得た。

（なんとしても逃げ果《おお》せてみせる）

その気概が腹の底から沸々《ふつふつ》と沸いてきた。

木刀を背に負った一松は清女の帯を何本も結び、障子を開けると勾欄《こうらん》に端を結びつけた。

洞窟の中に建てられた館の足場で岩場に下りて、隠れ里から谷川へと垂直に逃走する、それを一松は考えた。

帯を投げた。

だが、柱の土台の岩場まで帯は届かなかった。足りない分は太い柱に縋って下りる一念で巨軀を帯に預けた。

帯の結び目が一松の重さに耐え切れず、ぐうっと伸びた。だが、なんとか結び目は解《ほど》けることなく耐えた。

一松は慎重に帯に身を委ねて、高さ数丈を下りきった。

帯の端が足元に見えていた。

岩場までまだ一丈半（四・五メートル）の高さがあり、さらにその傍らから千尋の谷間が口を開けていた。

一松は体を揺らして館を支える柱の一本に縋りつこうとした。振り子のように揺れる帯と一松の体が底なしの谷の真上に浮いた。

帯が軋《きし》んだ。

結び目が解けた。

次の瞬間、一松は帯を放して柱へと飛んでいた。

両手で柱を抱えた。必死で縋った。

清女との色欲に精気を吸い取られた一松に力は残っていなかった。ずるずると下降していった。それでも柱を放さなかったのは生への執着だろう。

足が岩場に届いた。

風が谷から吹き上げてきて一松の体を柱から引き剝《は》がそうとしたが、なんとか耐えた。

柱を支えに岩場に立った。

頭上でゆらゆらと帯がゆれていた。

一松は障子を閉めてくるのを忘れていた。だが、もはや追跡を幾分でも遅らせる細工をするには遅すぎた。

一松は岩場と岩場に走る割れ目に足をかけると、遠くから水のせせらぎが響いてくる谷川へ向かって一歩を踏み出した。

裸足のつま先で岩場の割れ目を確かめ、ゆっくりと下った。時間は容赦なく過ぎ、一松の下降は遅々《ちち》として進まなかった。垂直に切り立つ岩場に大きく迂回をさせられ、時には一旦上に這い上がって下降に移った。

逃走を始めてからどれほど過ぎたか。

頭上で女の叫び声がした。

（気付かれた）

のだ。

だが、一松は足を速めるわけにはいかなかった。慎重に一歩ずつ下ること、隠れ里から遠のくことだけを考えて動き続けた。

虚空から見詰めるいくつもの目を感じた。

「大安寺一松様！」

清女の悲鳴にも似た絶叫が響き、生への逃走が本格的に始まったことを意識した。

二

一松は隠れ里から犬を連れた北条娘子軍が追跡に入ったことを察知した。

遠くで犬の吠える声が響いていた。

一松は岩場からようやく松林に抜け出ることができた。あとは一松の逃走者の勘がいかに働き、弱った体がそれに応えるかだ。

一松は背に負っていた木刀を下ろすと、杖代わりに松林を走り下った。

喉が渇いていた。

だが、急崖の松林に水場はなかった。ひたすら渇きを堪《こら》えて隠れ里から遠ざかろうとした。

せせらぎの音がした。

一松は明かりに吸い寄せられる蛾《が》のように水場に近付いた。

松林の一角の岩場から細く湧水が流れ出していた。

一松は手で水を掬《すく》い、飲んだ。さらに顔と頭に冷たい水をかけ、意識をはっきりと覚醒《かくせい》させた。

この細い流れを伝えば大きな谷川へと下ることができるだろう。沢筋をさらに伝い下りれば里に辿りつくはずだ。

だが、それは死の道だ。

弾正ヶ原の小屋を塒に箱根の山々を跋渉《ばっしょう》し、走り回っているときに会得した獣の本能が谷川へ近寄ることを禁じていた。

一松は樹間から零《こぼ》れる陽光に昼下がりの刻限とみた。

夜の闇がこの深山を覆うまであと二刻半（五時間）ほどか。

この時間のうちに里に出るなど無理な話だ。ならば谷川を避けて、夜はどこぞに身を潜め、数日を要して里に出るべきと決断した。

犬の吠え声が谷川から響いてきた。

すでに追跡者は一松より山の下にいた。

一松は林の中を下降することなく横手へ横手へと回り込んだ。

逃走が続いた。

陽が翳《かげ》ってきた。

夕暮れの刻限、谷川の水音に混じり、犬の気配を感じた。だが、犬の吠え声はそう近くではない。一松は谷の流れの対岸に追跡者たちがいることを感じ取った。

（まだ天は我を見捨ててはおらぬ）

一松はその場でしばらく時が過ぎるのを待った。

犬の気配が遠のいた。

すでに山は闇に包まれようとしていた。動くのは危険だ。夜露を凌《しの》ぐ岩場か、洞を探すことだ。だが、そのような場所はなかった。

（どうしたものか）

一松は木の幹に小便をした。その後へ落ち葉や枯れ枝や土をかけて臭いを少しでも消そうとした。

（よし）

一つの決断がついた。

小便をした場所から四半刻ほど勘だけを頼りに歩き、松林を探して奥へと分け入った。

一松は獣の勘を頼りに東南の斜面を探し、腰から長船兼光を抜くと木刀と一緒に束ねた。松葉や落ち葉を集めてその下へ、体を潜らせ、刀と木刀を引き寄せた。

厚く積もった落ち葉に身を潜め、一夜寒さを凌ごうと考えたのだ。

再び喉が渇いていた。朝餉からなにも食べてはいなかった。半日、逃走を続けて腹は空いているはずだが、飢えは感じなかった。そのことが一松の意識を冴え冴えとさせていた。

追跡者の犬が再び近付く気配があった。

小便の臭いを嗅ぎ付けてのことだ。

一松は落ち葉の下では、人の気配がしないことを察した。

六斎清女らは確実にこの近くにいた。だが、夜間動くことを戒《いまし》めていた。一松の力を承知していたからだ。

昼間、確実に差を詰め、体力を少しずつ殺《そ》いでいき、弱ったところで一気に始末をつけるはずだ、と一松は清女の考えを読んでいた。

（まあ、いい。相手が動きを止めたときはこちらも体を休めることだ）

一松はとろとろとしたまどろみに落ちた。

夢を見ていた。

隠れ里の赤松に吊り下げられた板鳥吉蔵と当麻朝右衛門の亡骸が朽《く》ち果て、烏に腐肉が突かれる光景を見ていた。

ふと生き物の気配に一松は目を覚ました。落ち葉を通して闇が支配していることを察していた。

清女か。

だが、視線に愛憎の感情が希薄なことを一松は感じ取った。

娘子軍の一人、と確信した。

なぜ、動かぬのか。気配を消しているのか、一松にもどこに立っているのか推測がつかなかった。

「殺せ」

一松が呼びかけた。

相手はその声に反応し、かすかに動いた。

一松は落ち葉から片手を突き出すと、気配のした場所を探った。

足首が手に触れた。

片手に力を入れて一松は一気に押し倒した。落ち葉の上にふわりと倒れこんだ者がいた。

一松は落ち葉を飛ばして相手の体をわが体の下に組み敷いた。

星明かりにおひろと分かった。

おひろの腰の刀は鞘《さや》に納まったままだった。

「おひろ、なぜ殺さなかった」

一松の密やかな声におひろが、

「分かりませぬ」

と呟いた。

「お方様はおれを殺す気だな」

おひろが頷いた。

「それを知らせにきたか」

「なにをなしているのか、自分でも分かりませぬ」

一松は胸の下に息づく娘の鼓動を感じ取っていた。

「分かりたくないだけだ。そなたはなぜおれに会いにきたかよく承知しておる」

嫌々をするようにおひろが顔を横に振った。

一松の手が黒衣の裁っ付け袴の下に差し込まれた。

おひろが激しく動いた。

「おひろ、声を上げよ。さすればおまえもおれと同じ運命《さだめ》よ。三途の川を一緒に渡ることになる」

動きが止まった。

「お方様だけが一松様を……」

「こうして欲しかったか」

一松は袴の紐を解き、娘の豊かに茂った下腹部を掌で触った。

おひろの体がびりびりと震えた。

「い、一松様……」

唇をおひろのそれに重ねた。おひろの唇が一松を迎え、一松の手が下腹部の秘部を押し分けた。

あ、ああうっ
おひろが静かに呻いた。

「一松様、私にも」

一松は巨軀をおひろの体の上で滑らすと、芳香を放ち始めた下腹部に顔を埋めた。おひろの体が反り上がり、くねった。

一松とおひろは危険を承知で悦楽に没入していた。一松は若いおひろの体を執拗《しつよう》に責め苛み、おひろの生気を得ようとしていた。

おひろは本能の赴くままに一松の子を宿そうと一松の体にしがみ付き、応えていた。

営みは半刻、一刻と続き、ついに果てた。

弾む息の下、二人は落ち葉の褥で下半身を晒《さら》しつつ月光を浴びていた。

「おひろ、いけ」

「一松様、私を隠れ里から連れ出してはもらえませぬか」

「そなたは世間を知らぬ。おれの子を産んで、山を下りても遅くはあるまい」

「この体に一松様の子が宿っておりますな」

「十月十日後にそなたは一人ではない」

「清女様が許して下さるかどうか」

「子を守るためになにをなすべきか、母の本能が教えてくれよう。その教えに従い、行動せよ」

おひろは一松の裸の胸に指先で地図を描いた。

「一松様、これより東に半里ほど行ったところに切り立った岩場を流れる渓流がございます。その左岸に足を伸ばせば流れの下に水道《みずみち》が刻まれてございます。岩場に縋り、流れの下の道を辿れば、鮎沢《あゆさわ》川へと流れ込みます。そこまで至れば里はすぐ近くにございます」

落ち葉の上に上体を起こしたおひろがのろのろと身支度を済ませた。

「一松様、水道を絶対に外してはなりませぬ、鮎沢川まではなんとしても水に身を浸して頑張り抜くのです。それが隠れ里から抜け出る唯一の方策です」

「相分かった」

「さらばにございます」

「生きよ、おひろ」

お互い声を掛け合い、おひろが闇に紛れて姿を消した。

一松はそれを確認するとおひろの指示に従い、東へと松林を辿って動き出した。

半刻後、岩場を鋭く抉《えぐ》って流れる渓流に出た。

一松は流れへ下りる岩場を探し、迷いなく足を沈めた。足裏は底に届かなかった。だが、一松の体力は再び岩場を上がる力を残していなかった。

身を激流に沈めた。

腰まで浸かったとき、足裏が水底に刻まれた道を見つけた。

一松は木刀を下ろして切っ先で水道《みずみち》を確かめた。確かに下流に向かって道は延びていた。

一松は流れに顔を浸して眠気を吹き飛ばし、岩場に縋って水道を歩き出した。激流は岩場の間で滝に変じ、数丈の高さを落下していた。だが、岩場に縋ると水道が石段へと変わり、頭からずぶ濡れになりながらも歩を進めることができた。

夜が明けた。

激流の冷たさが一松の体温を奪い、動きを緩慢にしていた。だが、おひろの言葉を信じ、水道に一命を賭けた。

流れに陰暦二月半ばの光が差し込んできた。

どこかで犬の気配がした。

一松は流れに首まで浸して、必死に一松の痕跡を探ろうとする犬をやり過ごした。

腹が空いていた。

凍える下半身から急激に力が失われていった。

一松は岩場に照り付ける光に魅惑された。おひろの言葉を無視して、岩場を這い登った。

光が岩の頂きに長閑にあたり、濡れそぼった一松の体ががたがたと震え出した。痛みも走った。凍《い》て付いていた血が動き出した証か。

一松は震えに抗して岩場の上に大の字になると光を浴びた。

ぽかぽかとした陽光が一松を驚異的な力で回復させていた。体温が戻り、衣服がゆっくりと乾き始めた。すると睡魔が襲ってきた。いつしか一松は眠りに就いていた。

「一松様」

地底から呼ぶ哀しげな声に、一松は意識の一部を覚醒させた。だが、両眼は開かなかった。

一松は囲まれていた。

当然、北条一族の末裔六斎清女と娘子軍だ。いくつもの好奇に満ちた視線が一松の体に突き刺さった。

ゆっくりと眼を開けた。

一松が眠り呆けた岩場を囲んで、清女らが見下ろしていた。

娘子軍は短弓を構え、矢先を一松に向けていた。

対岸の岩場には虎斑《こはん》の猛犬が二匹、唸り声を上げて睨《にら》んでいた。

「隠れ里はおれにとって夢幻、そなたらにはなんの妨げにもなるまいに」

「大安寺一松どの、この清女に挨拶もなしに里を出るはちと礼儀知らずにござりましょう」

「清女、おれに礼儀を求めたところで無益なことよ」

一松は岩場に上体を起こした。

眠りに落ちて一刻も過ぎたか、衣服は乾き、そのせいで凍て付いていた下半身も血流を取り戻していた。

寝ているときは眼に入らなかったが、清女の足元に丸坊主にされ、後ろ手に縛られたおひろが転がされていた。

「なんぞ見世物か」

「一松どのの眼前でおひろを始末致す」

「なんのためか」

「そなたに北条の秘密を漏らしたゆえにな」

「清女、おれを隠れ里に連れ込んだはだれか」

「……」

清女が答えに窮した。

「おれを使うだけ使うてその挙句《あげく》にこれが礼か」

「そなたは清女の信義を裏切りおった」

「違うな」

と一松が叫んでいた。

「清女、おれがおひろに情けを掛けたゆえ嫉妬《しっと》したな。おひろを殺してなんとする。そなたの腹にもおれの種を残した。おひろにも授けた。そなたの腹の子が生まれたら、一太郎《いちたろう》とせよ。おひろの子は松次郎《まつじろう》と名付けよ。北条の再興をおれの種に託せ、おれはその知らせを待っておる」

「勝手なことを申されるな、一松どの」

「どうしてもおひろを始末し、おれの口を塞ぐというか」

「それが北条の主に課せられた使命にございます」

「清女、そなたとおれ、この岩場で勝負を決せぬか。おれが勝てばおれの言うとおりに致せ。おれが敗北に帰せば、好きなように致せ」

「勝負とはなにか」

「おれはそなたの腹の子の父ぞ。そなたが洞窟館でおれの精気を吸い取り、責め殺そうとした続きを致せ。刻限は一昼夜、おれがそなたに責められて死せば負けよ」

と言い放った一松がおひろに、

「おひろ、そのときは覚悟致せ」

と告げた。

一松は岩場に立つと腰の長船兼光と脇差を抜き、木刀と一緒に岩場に置いた。さらに衣服を脱ぐと下帯も取った。

一松の一物が見る見る怒張して清女に向けられた。

「一松どの」

白の戦衣を脱ぎ捨てた清女が一松の岩場へと飛来した。

岩場に二つの裸身が向かい合い、

「そなたの秘術を尽くして一松の精気を吸い取れ」

「言うたな、一松どの」

白い裸身が一松の巨軀にぶつかってきた。それを両の腕で抱き留めた一松が清女の尻を抱えて、下腹部に怒張した一物を一息に突き立てた。

「あっ、なにをなされる」

清女の口からいきなりの攻撃の痛みに呻き声が洩れ、娘子軍はお方様の白い肉体が一松のものによって串刺しにされた光景を呆然と凝視した。

一松は立ったまま清女をゆっくりと責めた。

清女が白い胸を反り返らせて呻いた。だが、一松の太い両腕に臀部《でんぶ》を支えられて、一物から逃れる術はなかった。今や痛みは官能の悦楽に変じていた。

「放してたもれ、一松どの」

「勝負は始まったばかりぞ」

清女は悦楽の主導権を奪い返そうと腰を捻り、上体を反らして一旦一松の体から離れようとした。だが、もがけばもがくほど下半身がぴたりと密着し、ぴりぴりとした悦びが全身を走り回り、清女の放心した口から、
ああうっ
と悦楽の声が洩れた。

「一松どの、激しいぞ、なんということが」

娘子軍は呆然と一松が女主を弄《もてあそ》ぶ光景を、白昼の営みを見入っていた。

おひろが身もだえして叫ぶ。

「い、一松様」

一松の下半身が律動的に動き出し、それはいつ果てるともなく続いた。

陽光が傾き、夕暮れの刻限となり、夜の闇が訪れても、一松の律動は終わらなかった。

「一松どの、許してたもれ。清女の身は崩れ散りまする」

「清女、勝負は一昼夜、まだ半ばも達しておらぬわ」

「み、身が持ちませぬ」

と言いながらも清女の腰は一松から離れようとはしなかった。

闇の中に清女の弾む息と悦楽の声が間断なく続き、明け方を迎えた。

娘子軍は朝の光に清女がしっかりと一松に抱かれてぐったりとしている光景を見た。

その顔には神々《こうごう》しくも至福の笑みが浮かんでいた。

「おひろの縄を解け、お方様が許された」

一松の声に仲間がおひろの縄を切った。

「皆の者、一松様にわらわは負けた、完膚《かんぷ》なきまでに負け申した」

一松が清女の尻を支えていた両手を離すと、よろよろと清女は岩場に崩れ落ちた。

一松は脱ぎ捨てた衣服を纏《まと》い、大小を腰に差し落とすと木刀を手に、

「清女、おひろ、幸せに暮らせ。おれが生きておれば、一太郎と松次郎が成人の折に訪れようか」

と言い残すと岩場から別の岩場に飛翔した。

宝永《ほうえい》四年（一七〇七）十一月二十三日、富士山が大噴火して相模、武蔵《むさし》二国に甚大《じんだい》な被害を齎《もたら》した。噴き上げる溶岩と流れ出る溶岩流に多くの町や村が飲み込まれた。

小田原藩大久保家も五万六千石の替地を得て、藩の体裁をなんとか保った。

北条家の隠れ里もこの宝永の富士山大噴火で消滅した。そして、六斎清女らの消息も絶えた。

一松の種を宿した二人の女が子を産んだか、一太郎と松次郎が存命か、だれも知らない。

だが、この話は一松が隠れ里を逃れて、十四年後の話だ。

三

数日後、大安寺一松の姿が駿甲二国の国境、籠坂《かごさか》峠にあった。

小富士と三国山の鞍部《あんぶ》にあたる三千三百余尺の峠から山中《やまなか》湖の水面がきらきらと光って見えた。

この峠の歴史は古い。鎌倉《かまくら》幕府の開設とともに鎌倉の都と在を結ぶ鎌倉往還の一つとして開削された。

鶯《うぐいす》が鳴いていた。

陽光には明らかに春の気配があった。

一松は鮎沢川から御殿場に戻り、富士の東麓を富士浅間《せんげん》神社、須走《すばしり》を経て峠に差しかかったところだ。

一松の想念に、もはや北条一族の隠れ里の記憶はない。富士の裾野を歩くうちにすべて茫漠《ぼうばく》とした時の彼方に消えていた。

何処へ行くか。

考えもない。足の向くままに歩を進めているだけのことだ。

しばし峠で足を休めた一松は、木刀を肩に下りへかかった。

湖から風が吹き上げてきて、一松の蓬髪《ほうはつ》を優しく撫でた。

峠から湖畔の道までほぼ一里、辻《つじ》に出た。

「右道志《どうし》みち左鎌倉みち」

と道しるべがあって、一松は左へ足を向けようとした。

「旅の人、帰り道じゃあ、馬はいらんかね」

と馬方が路傍《ろぼう》に繋いだ馬の陰から声をかけてきた。

小便でもしていた気配があって、腰を振り振り、褌の下に一物を納めながら出てきた馬方が一松の顔を見上げて、

「おまえさん」

というと呆然とした顔で絶句した。

「馬か」

「やめておこう。おまえ様を乗せたら、馬っこの腰を痛めるだよ。おれにとって飯の種だ」

「利口だな」

一松が鎌倉往還を進み、その後から馬を引いた馬方が従うかたちになった。

鎌倉往還といっても主街道ではない。富士からの吹き下ろしに見舞われる冬場は通る人とてない脇街道だ。

「この道を進めばどこへ出る」

「湖めぐりじゃな。河口《かわぐち》湖、西《さい》湖、精進《しょうじ》湖、本栖《もとす》湖にこの山中湖を入れて、五つの湖があるだ。その先は甲斐《かい》の国だな」

と答えた馬方が、

「お侍、どこへ行くだ」

「あてはない。足の向くまま気の向くままだ」

「そろそろ塒《ねぐら》を見つけぬと野宿になるでよ、陽が落ちれば碌《ろく》なことはねえよ」

「夜盗の類《たぐい》が現われるか」

「そういうことだ。もっともおまえ様の体を見たらよ、野伏せりが逃げ出そう」

「どこぞに知り合いの宿はないか」

「一里もいけば明神《みょうじん》の辻に出る。その辻に勘三《かんぞう》親父のなんでも屋があらあ。旅人も泊めれば、飯屋も兼ねておるぞ。銭は持っておるか、お侍」

「旅籠に泊まるほどには持っておる」

「ならば勘三親父のところへ泊まってよ、明日には逆さ富士でも見物しなせえよ」

「逆さ富士とはなんだ」

「湖面に富士のお姿が映ってよ、逆さに映るだよ。この界隈の一番の見物《みもの》だな」

「富士は見飽きた」

道連れが出来て明神の辻まで辿りついた。

陽が傾き、薄暮が辻を覆い、寒さが忍び寄っていた。

追分の辻に屋根の低い家が数軒並び、一際しっかりとした造りが勘三親父のなんでも屋だった。

軒下に草鞋、菅笠がぶら下げられて売られていた。開け放たれた家の中から煙と一緒に明かりが洩れていた。

「勘三親父よ、客を連れてきたぞよ」

馬方が叫び、腰が曲がった老爺が姿を見せて、一松を見上げ、目を丸くした。

「山の字、仁王様を連れてきたか」

「銭はあるというだ。道々話してきたが、まんざら悪い奴ではなさそうだ」

「おまえの目があてになるものか」

と言いながらも、

「客人、この節、上座敷が空いておるだ。一人でのうのうと寝なせえよ」

「頼もう」

馬方が馬を引いて数軒先の伝馬宿に姿を消した。そこが家なのかも知れなかった。

「湯は沸いておらん。水浴びにはちと早い季節じゃがよ、前の流れで汗を流しなせえよ」

老爺の勧めに従い、一松はなんでも屋の前を流れる小川の淵で、腰の長船兼光と脇差を抜き、木刀と一緒に壁に立てかけた。

流れに入り、諸肌脱ぎになった。

家から洩れる明かりが一松の体を照らし、体の傷跡を浮かび上がらせた。

薩摩藩の面々を初めとする幾多の闘争で受けた傷だ。

勘三親父が恐ろしげに傷跡を見たが、口にはしなかった。

一松は山中湖に流れ込む水を両手に掬《すく》い、顔を洗った。ついでに蓬髪も水に濡らして箇単に撫でつけた。

「お侍、武者修行か」

「そのような気の利いた旅ではないわ。風に吹かれたぼうふらのようにあちらこちらと漂っておるだけだ」

「なんとも大きなぼうふらがあったものよ」

腰に下げていた手拭を流れに浸して首筋から胸、背とごしごしと拭い、さっぱりとした。

一松は流れから上がると足の水を振り落とし、草履を履《は》いた。草履は隠れ里から逃れたあと、通りかかった百姓家の庭に干してあったのを盗んだものだ。

一松の足には小さかった。鼻緒も切れかけていた。

「大きな足じゃのう、その草履では窮屈じゃろうが」

「明日からは草鞋にしよう」

「おまえ様の足に合うとなれば今晩作ることになるがな」

「頼もう」

勘三親父は長船兼光にぶら下げられた革の草鞋に目を留め、手で草鞋の長さを測った。

「尺一寸（三三センチ）たあ、確かに仁王様の履物だ」

両袖を入れた一松は、ひょいと首を曲げて敷居を跨《また》ぎ、広土間に入った。そこでは馬方や旅人が飯を食べ、酒が飲めるようになっていた。だが、刻限も夕方、飯屋は旅籠と変わっていた。

板の間の一角に囲炉裏が切られ、ちょろちょろと焚《た》き木が燃える火を囲んで数人の男女がいた。

寺参りか、箱根の湯治《とうじ》にいった風の男女三人連れと願人《がんにん》坊主の四人だ。

「お客人、座敷に物騒なものを置いてきなせえ」

勘三親父が一松を上がり框から上座敷に案内した。

三畳ほどの広さがある板敷きの上に筵《むしろ》が二枚敷いてあるのが上座敷だった。そんな上座敷が両隣に一つずつと狭い廊下を挟んで、相客の板の間があるだけの旅籠のようだ。

長船兼光と木刀を筵の上に転がせば用はなった。

「酒はあるか」

「濁酒なればございます」

勘三親父が手を差し出した。

「宿代、飯代、酒代、草鞋の代を入れて、二百文だ」

一松は一朱を渡した。

「釣り銭代わりにらっきょう漬けでどうだ」

「よかろう」

一松は濡れ手拭を額に巻いて囲炉裏端に行った。するとどこにいたか、武家が一人、囲炉裏端に加わっていた。大名家の奉公人か、代官領の手代と思える体の侍だった。

男女三人連れの旅人が一松の姿を見上げた。そして、頷き合った。

「おまえ様は小田原宿で江戸相撲を手玉に取られたお侍でございますな」

三人の長の男が興味津々に一松に話しかけ、その場の全員が一松を見た。お店《たな》の主人と女房と奉公人か。主《あるじ》夫婦は五十半ば過ぎと思えた。

「大山《おおやま》参りに行く途中にな、小田原宿で江戸相撲の幟を見付け、入りました。そこでさ、おまえ様が四人の相撲取りをあっさりと片付け、五両の褒美《ほうび》を勝ち取られたのを見物しました」

「そんなこともあったか」

一松には遠い日の出来事のように思えた。

「その体なればまず相撲に引けはとるまいよ」

と願人坊主が話に加わった。

一松の注文した濁り酒とらっきょう漬けが運ばれてきて、一松の相撲を見たという男

が、

「私も相伴《しようばん》しましょう」

と待っていたかのように酒を頼んだ。

「それがしも貰おう」

侍も頼み、願人坊主だけが手元不如意《てもとふにょい》のようで酒を頼まなかった。

「親父、湯呑みをもう一つくれぬか」

一松が頼み、まず湯呑みが先に届けられた。

一松は濁り酒を二つの湯呑みに注ぎ、一つを願人坊主の前に置いた。坊主が手で、

「これをわっしに？」

という風な顔付きで指した。

「好きなれば付き合え」

「好きもなにもこれで身を持ち崩したんで、馳走《ごち》になります」

というと舌嘗《したなめ》ずりして口からお迎えに行き、啜り込んだ。

「坊さんや、ご馳走になった者が先に口をつける法がありますか」

お店の主風の年寄りが苦々しい顔でいい、

「大安寺様、私は甲斐国府中城下札《ふだ》の辻《つじ》で蠟燭《ろうそく》問屋を営みます吉田《よしだ》屋の隠居、幸右衛門《こうえもん》に

ございます。連れは女房のおきわと手代の孝吉《こうきち》。倅《せがれ》に店を譲った機に大山参り、熱海《あたみ》から箱根と骨休めで、甲府城下に帰る道中にございますよ」

と自らの身分と旅を説明した。

「なに、そなた、吉田屋の主か」

侍が驚いた様子で幸右衛門を見た。

「おや、お武家様は綱豊《つなとよ》様のご家臣にございましたか」

甲斐甲府藩三十五万石は城番時代と呼ばれる徳川一門の支配下にあって、五代将軍綱吉のあとを受け、後に六代将軍家宣《いえのぶ》となる徳川中納言《ちゅうなごん》綱豊が藩主を務めていた。それだけに府中の威勢はなかなかよかった。

「それがし、台所頭山北辰祐《やまきたしんすけ》様支配下の宇津木六平太《うつぎろっぺいた》と申す者にござる」

「おや、山北様の下でご奉公でしたか」

相手の身分が知れて、幸右衛門がどこか気持ちに余裕が出た風の表情を見せた。その様子から吉田屋が甲府藩出入りの商人で、なかなかの大店だと推測された。

一松が湯呑みの濁り酒に口をつけようとすると幸右衛門が訊いた。

「大安寺様は武者修行にございますか」

「ちと江戸におられぬ理由が生じて旅に出た身だ。武者修行などという辛気臭《しんきくさ》いことは考えておらぬ」

「それはお気楽なご身分にございますな」

幸右衛門と宇津木が注文した濁り酒が運ばれてきて、男たちが湯呑みに酒を注ぎ合い、

「酒は連れがあってこそ美味しゅうございますでな」

という幸右衛門の言葉で口に含んだ。

ぴりり
と酸《す》っぱくも喉を突く香りが濁り酒の野趣を感じさせた。

「明日はどちらに参られますので」

「馬方の話によれば、この往還を進めば四湖の岸辺に出るとか。まずは甲州道中に出るのが至当かのう」

「ならば甲府にお出でなされ」

「なんぞ面白きことがあるか」

「大安寺様は武者修行ではないと申されましたがな、私は諸国を旅して修行なさっておられる途次《とじ》と睨《にら》みました。となれば、ただ今の甲府城下はなかなかの武芸者がお集まりでございましてな。中でも、城下で道場を開かれておられる柳生新陰流《やぎゅうしんかげりゅう》の橘《たちばな》参左衛門辰信《さんざえもんたつのぶ》様と溝口派一刀流逸見武太夫義輝《へんみぶだゆうよしてる》様の、二つの道場の競い合いはなかなかのものでござい

ますぞ」

「おう」

と言い出したのは願人坊主だ。

「なんでも近々よ、二つの道場が稽古仕合をするそうで、城下は橘道場が強いとか、逸見道場の溝口派一刀流に柳生新陰流が敵うものかなどとかしましいったら、ありゃしないや。願人坊主の稼ぎ場所じゃねえんでよ、東海道筋に河岸を変えようと移ってきたところだ」

「なんと私どもが留守の間にそのような話が進んでおりますか」

「吉田屋、それがしもそのことは存じておる。甲府一の道場を決するというので橘道場では密かに江戸から腕自慢を金子で雇い、門弟と称して相手を打ち負かそうという話もあるそうな」

頷いた願人坊主が、

「お侍、甲府に行ったらよ、ひと稼ぎできるぜ」

と唆《そそのか》した。

「稼ぐ稼がぬは別にして甲府城下への道を辿りませぬか。私どもも大安寺様と一緒なれば心丈夫にございます」

と幸右衛門も誘った。

「明日の朝になっての気分次第かな」

一松は濁り酒を口に含み、らっきょうを菜に食べた。

「大安寺様、小田原宿で相撲取りを負かされてだいぶ日も過ぎております。なにしろ私どもが大山参りを無事果たし、熱海から箱根へと湯治に回れるほどの日が経ったのですからな」

吉田屋幸右衛門が訊いた。

「どうしておられました」

「小田原の賭け相撲からどれほどの日が過ぎたな」

「およそ一月半は経っておりますよ」

「なにっ、そのような日数が過ぎたか」

弾正ヶ原と隠れ里の逗留にそれほどの日々が過ぎたのかと、一松は驚かされた。

「箱根山中に所縁の地があってな、師の菩提を弔いながら日を過ごしておった」

と一松は当たり障りのない答えを返していた。

ぽーん
とわずかな濁り酒に顔を赤らめた幸右衛門が膝を叩き、

「それはご奇特な。それでこそ一角の武人にございますよ」

と一松を褒《ほ》めた。

「大安寺様、師とは剣の師でございますな」

「いかにもさよう」

「流儀はなんでございます」

酒の酔いが幸右衛門の口を緩《ゆる》めていた。

「おれの師は薩摩の出でな、藩流儀の示現流を学ばれ、さらに腕を磨かんと諸国回遊中に箱根でおれに会い、このおれに示現流を伝える最中に亡くなられたのだ」

「示現流でございますか、聞いたこともありませぬ。宇津木様は知っておられますか」

と幸右衛門が宇津木に問うた。

「薩摩示現流と申せば、東郷重位《とうごうしげかた》様が創始なされた一派で一撃必殺の恐ろしき剣法と聞いたことはあるが、それがし、見たことはない」

宇津木が畏敬《いけい》の目で一松を見た。

「これはますます府中城下に参られませ」

幸右衛門がいう府中とは甲府の別称だ。

「さて、そろそろ夕餉の仕度に掛かりますでな」

囲炉裏の自在鉤に勘三親父が鉄鍋をかけた。

「甲州名物ほうとう鍋にございますよ」

ほうとうとは、南瓜《かぼちゃ》、人参、里芋、山菜などを平打ちのうどんと一緒に煮込んだ味噌仕立ての鍋だ。元々は平安時代末期、唐の禅僧が伝えた菓子、

「はくたく」

がその名の由来といわれる。

「うちの鍋にはよ、熊の肉も炊き込んであるでな、体がぽかぽかと温もって朝までぐっすりだ」

勘三親父自慢のほうとうを丼で二杯啜った一松はぐっすりと眠り込んだ。

四

「大安寺様」

板戸の向こうから呼ぶ声に一松は目覚めた。

「吉田屋幸右衛門にございます、本日はどうなされますな」

「よう寝た」

一松は夜具を撥《は》ね除《の》けると枕元の大小を摑み、腰に差し戻した。木刀を摑むと仕度はなった。板戸を引き開けるとすでに身支度を終えた吉田屋幸右衛門が立っていた。

「ご一緒に府中に参られますか」

「差し当たっていく当てもなき道中、同道致そうか」

「心強いことです」

上がり框には、一松のために大きな草鞋が二足用意してあった。

勘三親父が夜のうちに作った草鞋だ。

一足を履き、もう一足は革の草鞋と同じように長船兼光の鍔元に結びつけた。

「世話になった」

勘三親父に声をかけ、なんでも屋を出ると、そこには幸右衛門の連れ二人に甲府藩の宇津木六平太までが、一松と幸右衛門の二人が出てくるのを待ち受けていた。

刻限は七つ（午前四時）の頃合か。

「旅は道連れと申しますからな、宇津木様もご同行願いました」

総勢五人となり、吉田屋の奉公人孝吉が小田原提灯を灯して先導する。その後を吉田屋の夫婦、宇津木、一松の順で進むことになった。

うっすらと茜が差そうという空に星が残って瞬いていた。

「今日もよい天気にございますよ」

一行はまず河口湖を目指すことになった。明神の辻から河口湖畔までの鎌倉往還はおよそ山中二里半（九・七キロ）である。

途中、富士浅間神社のある上宿で朝餉を取ることになった。

朝餉も夕餉同様のほうとうだった。

「大安寺様、甲州路に入ればほうとうとは縁が切れませぬ。府中城下に至れば白いまんまも清酒もございますよ」

一松も府中に同行するものと決めた口調で幸右衛門は言い、何度も温め直されたほうとうを啜りこんだ。

河口湖の湖畔の道に辿り着いたのは四つ（午前十時）に近い刻限だ。幸右衛門の女房おきわの足に合わせたゆえ、一松にとってはのんびりした道中になった。

「宇津木様、此度は御用旅にございますか」

幸右衛門が後ろを行く宇津木に声をかけた。

「そなたも承知のことだが、寛文《かんぶん》元年（一六六一）閏《うるう》八月九日に三代将軍家光《いえみつ》様ご三男徳川綱重《つなしげ》様が甲府藩主として二十五万石を領され、将軍家連枝《れんし》の甲府城番時代が始まったな」

「いかにもさようでございます」

「延宝六年（一六七八）に綱重様が三十五歳の若さで身罷《みまか》られた。そこで嫡子《ちゃくし》の綱豊様が十七歳の若さで二十五万石を襲封《しゅうほう》なされた。その後、大和《やまと》、近江《おうみ》、信濃《しなの》の領地十万石を加増され、都合三十五万石、御三家水戸様と同じ禄高に相なり、堂々たる甲府藩の基を整え申した。そこで十年余も前から綱重様が甲府藩主となられた八月九日を祝いの日として、城中に家臣総登城して祝いをする習わしができたな」

「いかにもさようです」

河口湖の湖畔の道を西へと進みながら会話が続けられた。

一松は聞くともなしに聞き、時には視線をきらきらと光る湖面に向けたりしていた。

宇津木の話は迂遠《うえん》に過ぎて、一松にはどう御用旅とつながってくるのか見当もつかなかった。

「祝いの日には総登城した家臣全員に酒と折が供される」

「町屋からも数日前より城中御台所に手伝いに駆り出されて大変な騒ぎにございます」

「折には祝い鯛《だい》は欠かせぬものじゃあ」

「はははあん」

と幸右衛門は話の推測がつけられたという様子で、鼻で返事をした。

「御城代様方重臣には目の下何尺、五百石以上は大きさいくらとすべて身分禄高によって鯛の大きさも決まっておる。登城の家臣全員に大小様々な鯛をおよそ千五百尾は用意せねばならぬ。賄頭、台所頭が一番頭を悩ますことでな」

「毎年、えらい騒ぎで江戸の日本橋《にほんばし》から富士氷穴の万年氷を入れた鯛が甲州道中を運ばれて参りますな」

「そこだ」

と宇津木が一息入れた。

「江戸の魚河岸から運ばれてくる鯛は、木更津《きさらづ》沖から下田《しもだ》沖と、江戸湾から相模灘で獲《と》れた鯛だ。これらが江戸に集められ、甲州道中を甲府まで運ばれてくるのだがな、鮮度も保てん。賄方、台所方が頭を痛めるところだ。祝いの鯛にあたりでもしたら、えらいことである」

「腹を一人ふたり召されても足りませぬな」

「吉田屋、日本橋の魚河岸に集められる多くの鯛が小田原外れの江之浦《えのうら》の生簀《いけす》に蓄えられておるのを承知か」

「いえ、存じませぬ」

「昔から江戸城中での祝い事の鯛も、江之浦沖の大きな生簀で泳いでおったものだ」

「初耳にございます」

「そこでな、江戸を経由せず、江之浦から箱根路、鎌倉往還、女坂峠《おんなざか》を越えて八代郡中《やつしろごおりなか》郡《ごおり》筋を経て城下へと鯛が運び込めれば鮮度も保て、鯛の仕入れ値も大幅に安くなるのではないかとそれがしの上役が考えられた。それで今年から千五百尾の鯛の一部を江之浦直送とするお膳立てに参ったのだ。うまく事が運べば来年からはこの道が選ばれる」

「それはよきお考えでございますよ。それでうまくいきましたかな」

「江之浦の網元《あみもと》はなんの問題もない」

宇津木の言葉には含みが残されていた。

「なんぞご心配がございますか」

「日本橋の魚河岸は三河《みかわ》以来の商人、江之浦の生簀の魚も大半をこの連中が押さえておる。また甲府の御用商人も関わっておる」

幸右衛門がどこか得心の体で、

「となるとなかなかこれまで培《つちか》ってきた権益は手放されますまい」

「そういうことだ」

と宇津木が小さな息を一つ吐いた。

河口湖の南の岸辺を一里歩いて河口湖と西湖の間に出た。

「大安寺様、河口湖は南側を歩いてきましたがな、西湖では北側の道を精進湖へと進みます」

幸右衛門が無言で従う一松に教えた。

「今宵はどこまで参る所存か」

「ご迷惑ではございましょうが、女連れの旅ゆえゆるゆると参ります。まずは中郡筋に入る手前の精進赤池が今宵の泊まりにございましょう。さすれば甲府までは山道ながら五里ほど、夕刻には御城下に到着します」

一松にはどこへ行くという当てなどない旅だ。甲府に参ろうと参るまいと、道中が三日になろうと大差はなかった。

「大安寺様、甲府ではわが家にお泊まり下さいな。部屋数はいくらもございますでな」

「大安寺どの、そうなされ。府中城下の吉田屋と申せば、大商人で知られたお店だ。蔵に千両箱がいくらも積まれているという噂の分限者《ぶげんしゃ》じゃからな」

「宇津木様、他人様の噂ほど当てにならぬものはありませんよ。蠟燭問屋で千両箱が積めるものですか」

と答える幸右衛門の口調もまんざらではなさそうだ。

昼過ぎまで順調に進んでいた一行の足取りが緩やかにならざるをえなくなった。

まず最初の行き違いは昼餉だった。

幸右衛門らは河口湖から西湖北岸へと出た道の高台に、旅人相手の飯屋があるゆえ、河口湖と西湖を眺めながら一休みしましょうと進んできたのだが、飯屋は休んでいた。

「なんということで」

幸右衛門は言葉を失っていた。

「吉田屋、この界隈にはこの飯屋のほかにはないぞ」

と宇津木もがっくりとした表情だ。

「大安寺様、思わぬ行き違いにございました。昼餉抜きで精進赤池の辻までいくしかございませんな」

「思わぬところが旅の醍醐味《だいごみ》よ、致し方あるまい」

一松の道中では昼餉抜きなどいつものことだ。

「ならば水で喉の渇きを抑えて参りましょうかな。これよりほぼ二里（七・八キロ）の道中にございます」

「陽も高い、慌てることもあるまい」

だが、先導する吉田屋の手代孝吉の足の運びがついついこれまでより速くなっていた。

そのことに一松は気付いたが、他の四人の足取りに疲れた風は見えなかった。

「あと一里ほどで旅籠に着きますでな」

と幸右衛門が後ろを振り向いた途端、

「あ、痛たた！」

と悲鳴を上げた。

「おまえ様、どうなされた」

おきわが幸右衛門に取り縋った。

幸右衛門は振り向いた際に道の窪《くぼ》みに足を落として捻り、捻挫《ねんざ》でもした様子だ。利き足の右を浮かせて身を捩《よじ》っていた。

「吉田屋、まず腰を下ろせ」

と宇津木が街道の真ん中に幸右衛門を座らせ、捻った右足首を見た。足袋《たび》を穿いた上に草鞋を履いていたので、

「旦那様、草鞋を脱ぎます」

と孝吉が紐を解き、足袋のこはぜを外そうとすると、

「こ、孝吉、そっと脱がせておくれ、痛みますでな」

と幸右衛門が額に脂汗《あぶらあせ》を浮かべて頼んだ。

「痛い、痛い」

　と幸右衛門の右足の足袋をなんとか脱がせると、見る見る足首が腫《は》れていくのが分かった。

　宇津木が、

「吉田屋、それがしの膝に足を乗せよ、足首が折れておらぬか調べる」

「お武家様の膝に足を乗せるなどできません」

「怪我人がいろいろ文句を言うでない」

　宇津木は慣れた様子で膝に幸右衛門の右足を乗せ、親指の先からいろいろと引っ張ったり、軽く捻ったり、甲を触ったりしていたが、

「この分なれば足の骨は折れておらぬようだ、捻挫だけであろう」

　というと道中嚢《のう》から練り薬を出して、腫れた患部に塗り、手拭を引き裂いた布で足首を動かぬように固定した。

「甲斐領内に入り、つい油断してしまいました。なんとも不覚です」

　と肩を落とした幸右衛門に、

「おまえ様、歩けますか」

　とおきわが不安げな顔で訊いた。

「一里か、杖があればなんとか歩けよう」

「吉田屋、本日歩けても明日は足首がさらに腫れて一歩も動けぬぞ。それはやめたほうがよい」

「ならば孝吉、赤池まで走り、馬を連れて戻ってきてくれぬか」

と主が手代に命じた。

「無駄だな」

と一松が言い放ち、腰から長船兼光を抜いた。

「な、なにをなさるので」

幸右衛門が驚きに色を失った。

「心配致すな」

一松は兼光を、

「すまぬが宇津木どの、これを預かってくれぬか」

と差し出した。

「吉田屋、おれの背におぶされ」

えっ、
と幸右衛門が言葉を失ったのにも構わず、一松がその場にしゃがみ、背中を向けた。

「宇津木どの、孝吉、吉田屋の体をそっとおれの背に乗せよ」

「よろしいので」

「宇津木どのも申された、怪我人がつべこべと申すでない」

「よいか、われらの腕に縋って腰を浮かされよ」

と宇津木と孝吉が幸右衛門の体を一松の背におぶわせた。

一松の背におぶわれた小柄な吉田屋幸右衛門は、まるで大木に止まった蟬《せみ》のようだ。

「よし、孝吉、旅籠まで案内せよ」

今度は孝吉を先頭に幸右衛門を背負った一松、おきわ、最後の宇津木の順で歩を進めることになった。

一松は木刀を杖代わりに悠然と進む。

「大安寺様、不覚にございました。甲府に着きましたらこのお礼はさせてもらいますでな」

「そのようなことはどうでもよい」

一松の答えに後ろから、

「いや、大安寺どのが同道されて助かった。このような山中での一番難儀は歩けなくなることにござる。この街道も陽のある内はのんびりした顔をしておりますがな、左右の雑木林の中には野伏せりの類が潜んでおりまして、旅人の動静を窺っておるのです」

と宇津木が緊張を含んだ声音で叫んだ。すでに一松の勘が異変の予兆を察していた。

だれかに見張られているような感じがしたのだ。幸右衛門が怪我をする前までにはなかった兆候だ。

とはいえ、一松はそれ以上気にしたわけではなかった。

一松はすぐ後ろから従うおきわの足の運びを気にしながら、

「孝吉、そう急ぐでないぞ。もはや一里を切っておるならば早晩里に着こう」

とつい急ぎ足になるのを諫《いさ》めた。

「大安寺様、疲れませぬか」

幸右衛門が気にかけた。

「そなたの重さなど蚊《か》が止まったほどにも感じぬ」

「江戸相撲の小結大嶽岩五郎に比べたら、私の体など月とすっぽんですからな」

とよく分からぬ喩《たと》えを出した。

「赤池には医師はおるか」

「山中の辻にございます、医師などおりませぬ」

「ならば明日まで我慢せねばならぬな」

「赤池で二、三日休んだほうがようございますかな」

「今晩の具合次第じゃな」

「赤池に参れば馬も雇えます」

と幸右衛門が言ったとき、孝吉が、
あっ！

という悲鳴を上げた。

一松が視線を向けると、髭面、獣の皮の袖無しを着た野伏せりが四、五人、手槍や薙刀《なぎなた》や斧《おの》など虚仮威《こけおど》しの商売道具を翳《かざ》して行く手を塞いでいた。

「大安寺どの、後ろにも」

宇津木の言葉に動揺があった。台所方の宇津木は腕に自信はないようだ。

一松はそっと幸右衛門を街道のど真ん中に下ろし、おきわと孝吉をその傍らに座らせた。

宇津木が長船兼光を差し出した。

「いらぬな」

一松は前後を見て、前方の一人が頭分と察した。

「金子が望みか」

「いわずと知れた追い剝《は》ぎだ。身包《みぐる》み脱いでさっさといけ、命だけは助けてやろうか」

「そなたが頭分か」

「富士山麓でその名を知られた野伏せり、忍野《おしの》の十蔵《じゅうぞう》だ」

「死ね」

「ふざけたことを抜かすな、死ぬのは台所方一行だ」

一松が手にしていた木刀を片手で立てて構えた。

忍野の十蔵が薙刀を構えた。

一松がなんの気配もなく十蔵の前へとするすると歩み寄った。一気に間合いが縮まった。

十蔵が踏み込みざまに薙刀を振るうと、一松に叩きつけた。

一松の片手の木刀が落ちてくる薙刀の千段巻きを電光石火の速さで殴りつけると、
かーん！

という乾いた音がして薙刀が二つに折れ、呆然と立ち竦む十蔵の眉間《みけん》を片手殴りに木刀が叩いた。今度は、
がつん！

と不気味な音がして、忍野の十蔵の顔が押し潰され、血飛沫と脳漿《のうしょう》が夕暮れの光に飛

び散るのが見えた。

どさり

と十蔵が路傍に転がり、一松の木刀の切っ先がゆっくりと転じて野伏せりの残党を指した。

わあっ！

恐怖の悲鳴を残した一味が逃げ散って消えた。

「参ろうか」

一松は木刀に血振りをくれると、呆然とした四人に言いかけた。

第五章　甲府《こうふ》騒動

一

精進湖畔赤池の辻に一松らの一行は次の日も逗留することになった。

吉田屋幸右衛門の捻挫した足首が大きく腫れて、馬の背でも旅は無理と判断したためだ。幸右衛門は、

「私の不注意でこのような始末になりました。皆さんはどうか先にお出で下され」

と口では繰り返したが、内心では一松が一緒に泊まってくれることを願っていた。

「急ぐ旅でなし、一日二日はどうとでもなる」

一松が言うと宇津木六平太までが、

「それがしもご一緒しよう」

と辻の小さな旅籠に逗留することを決めた。

「大安寺様、それに宇津木様にまで予定を変えさせて申し訳ございませんな。ですが、なんとも心強いことです。おきわ、お二人にな、お酒でもなんでも注文して接待申し上げるのですぞ。むろん旅籠はうち持ちです」

と幸右衛門が上機嫌で言い、おきわが「はいはい」と答えながら、腫れた患部に当てていた手拭を冷水に浸《ひた》して再び患部に載せた。

翌日の昼下がり、一松が精進湖畔に出てみると、宇津木が従ってきた。一昨夜以来、宇津木の顔に不安の色合いがあることを一松は察していた。

「吉田屋は明日には旅立てようかな」

「馬の背なればなんとかなろうが、年も年、無理は禁物《きんもつ》じゃな。そなた、急ぐなれば先に発たれよ。甲府までは山道五里（一九・五キロ）余、明日の夕暮れまでには帰城できようが」

うーむ、と唸った宇津木が、

「とは申せ、同道の者の難儀を見捨てていったとあっては、不人情の誹《そし》りは免れぬでな」

「そなたの心配は他にあるのではないか」

宇津木が一松の顔を見上げた。

台所方の宇津木六平太の身丈は五尺四寸（一六三センチ）余、一松とは一尺（三〇・三センチ）近くの差があった。

返答を迷った体の宇津木は湖畔に転がる流木に腰を下ろした。

一松も真似て座り、二人は精進湖と向き合う恰好になった。

「心配などあろうはずもない」

「そうか、ならばよい。精進を出れば甲斐領内駿州中道筋《なかみち》に入るのであろう」

「いや、われらはもはや領内におる。この中道筋の手前の本栖に関所があるでな」

「ならば安心じゃな」

「うーむ」

と宇津木は浮かぬ返事を繰り返した。

「一昨日の野伏せりに心当たりがあるのか」

「それがし、野伏せりなどに知り合いはござらぬ」

「忍野の十蔵は、思わずおれとの問答に、『死ぬのは台所方一行だ』と本音を漏らしたな」

「やはり聞いておられたか」

「つまり狙いは吉田屋の懐でもなく、ましておれでもなかった。そなたを始末するのがあやつらの務めであった。覚えがあろう」

宇津木は返答に迷った。

二人の背に人の気配がした。一松が振り向くと、孝吉に支えられた幸右衛門が立っていた。

「よいのか」

「痛みもだいぶ和《やわ》らぎました」

幸右衛門が宇津木の隣に腰を下ろし、

「孝吉、宿に戻っていなさい」

と命じた。

「宇津木様、そなた様方の御用を阻《はば》みたいと思うておられるのは、御勘定頭《ごかんじょうがしら》兵藤胤厚《ひょうどうたねあつ》様と藩御用達《ごようたし》高麗屋利左衛門《こまやりざえもん》さんとみて間違いございますまい」

「吉田屋もそう睨んでおったか」

「城下で長いこと商いをしておるのです。兵藤様が此度の鯛の仕入先を江戸の魚河岸から直仕入れに変えるのを面白く思われないのは容易に察しがつきます。江戸の魚河岸との窓口は高麗屋、それを強く支持しておいでなのは兵藤様、二人の仲はなにかと密にございますからな」

「となると一昨夕の野伏せりは、二人になにがしか鼻薬《はなぐすり》を嗅《か》がされて迷い出た輩《やから》じゃな」

「大安寺様、まずそんなところにございますよ」

幸右衛門の言葉を聞いた宇津木が流木から立ち上がり、一松の前に、
がばっ
と土下座した。

「大安寺どの、それがしをなんとか無事に城下までお連れ下さりませぬか、このとおりにござる」

「なんの真似だ、反吐《へど》が出る」

一松が吐き捨てた。

「まあまあ大安寺様、そうお怒りなさいますな。ほれ宇津木様、そなたもこちらに腰を下ろして今までどおりに話を続けましょうかな」

年寄りの幸右衛門が双方を宥《なだ》め、宇津木に元のように腰を下ろさせた。

「大安寺様、ご迷惑のかけついでと申したら非礼にはございますが、なんとか宇津木様と私らを城下まで送り届けて下さいませ。いくら御勘定頭兵藤様とは申せ、大安寺様には手出しもできますまい。このお礼は甲府にて充分にさせて頂きます」

一松は返事をしなかった。すると幸右衛門が、

「宇津木様、ご安心なされ。大安寺様がお引き受けなされましたぞ」

と言うと、宇津木が、

「よしなに」

と小声で呟《つぶや》き、ぺこりと頭を下げた。

「大安寺様、同じ商人仲間のことを悪くいうようですが、お聞きくだされ。江戸から綱重様に従い、甲府入りしてきた高麗屋は、綱重様の治世下に商いの基礎を作り、綱重様が三十五歳の若さで亡くなられますと、綱豊様が十七歳で藩主に上がられたのをよいことに、さらに商いを大きくなされました。私どものように武田《たけだ》以来の甲州商人では、太刀《たち》打ちできぬ荒業《あらわざ》を使われましてな、ただ今では城下の商いは高麗屋の顔色を見なければ成り立ちませぬし、別の言い方をすれば、甲府藩御用達商人の一番の悪玉にございますよ」

「なぜそのように江戸から来た商人の増長《ぞうちょう》を許したのだ」

「綱重様、綱豊様と御家門のお家柄。御三家尾張、紀伊、水戸様に館林《たてばやし》藩と甲府藩を加えて五卿《ごきょう》とも称し、館林と甲府の二卿を両典様とも崇《あが》められる連枝の鷹揚《おうよう》さが高麗屋の横暴を許した大きな因《もと》にございます。むろん藩の重臣方の主だったところには高麗屋から充分な付け届けが盆暮《ぼんく》れと配られましてな、地付きのわれら商人は高麗屋のおこぼれで細々と商いを立てているのが現状にございます」

「賄頭と台所頭の二人は高麗屋に楯突《たてつ》いたか」

「見かけほど甲府藩の財政は豊かではございません。賄頭は二百俵、宇津木様の上役の台所頭山北様は百俵の家禄にございますが、この方々がなんとか藩政を変えようと必死の努力をなさっておられるのです。宇津木様の上役お二人は御勘定頭五百三十石の兵藤様と高麗屋の儲《もう》け口を一つ断とうとなされ、毒蛇の尾を踏んだというところでしょうか。まずその矛先《ほこさき》が江之浦に出向かれた宇津木様に向けられたのでございますよ」

と宇津木に代わって甲府藩の事情を説明した吉田屋幸右衛門が、

「大安寺様、私からもお願い申します。ご城下まで宇津木様を無事帰して下され。もし宇津木様が道中で命を絶たれるようなことがあれば、甲府藩の闇は深くなるばかりです」

と願い、宇津木も一松の顔を見た。

(面倒なことは当分御免)

と考えていた一松は、

「そなたの足はどうか」

と話題を変えてみた。

「お蔭様で馬に乗れば明日にも発てます。山道とは申せ、五里ほどですからな、夕暮れには城下に到着します」

その五里の道中に女坂峠もあれば右左口《うばぐち》峠の難所も控えていたが、一松は知る由もない。

「大安寺様」

と幸右衛門が一松の迷いを察したように呼びかけ、

「高麗屋は柳生新陰流道場の橘参左衛門辰信様の後ろ盾にございましてな。もし、明日にも宇津木様の行く手を阻む者が現われるとしたら、橘道場の息がかかった連中です。一昨日のような野伏せりではございませんよ」

と唆すように顔を窺った。


翌朝、まだ真っ暗い七つ（午前四時）前の刻限、精進赤池の旅籠を馬の背に乗った吉田屋幸右衛門を中心に手代の孝吉、女房のおきわが馬の傍らを行き、馬の後ろから宇津木と一松が従う恰好で、駿州中道筋に入っていった。

まず一行が差しかかるのが女坂峠だ。

孝吉の提げた小田原提灯に照らされて峠を無事越え、頂きでご来光を迎えた。

峠の左右には朝靄の上九一色《かみくいっしき》村と下部《しもべ》村が幻のように広がっていた。

「峠には茶店もございません、古関《こぜき》村に下れば朝餉を食せますでな。もうしばらく辛抱して下されよ」

と馬上から幸右衛門が気を使い、うねうねとした下り坂に差しかかった。

精進からおよそ一里半（五・八キロ）、五つ（午前八時）過ぎには中道筋の要衝《ようしょう》古関村に辿り着いた。

幸右衛門も馬から下りて杖に縋りながらも、

「鞍上は楽のようでなかなか腰にきますぞ」

と辺りを歩き回った。

朝餉はほうとうではなく、麦飯にとろろ芋、里芋の味噌汁に山牛蒡の古漬けだった。

一松は丼飯で二杯食し、満腹した。

駿州中道筋はこの古関で北から西へと方角を転じた。だが、細流沿いに半里も進むと再び北へと方向を変えることになる。

「大安寺どの、この往還の難所右左口峠が待ち受けてございます。右左口までの一里半さえ乗り切ればもはや城下外れ、里も点々としてありますぞ」

と女坂峠を無事通過したことでどこかほっとした様子の宇津木が一松に話しかけた。

その言葉を馬の背で聞いた吉田屋幸右衛門が、

「宇津木様、九十九里をもって道半ばとせよという格言もございます。城下まで気を緩《ゆる》めてはなりませんぞ」

と注意した。

右左口峠は標高二千六百余尺（七八七・八メートル）、なかなかの急勾配だ。

馬の上の幸右衛門も必死で馬の鞍にしがみ付き、

「これは応える、もう死にそうじゃ」

「おきわ、私が死んだら倅《せがれ》にお店と奉公人をくれぐれも宜《よろ》しくと伝えてくれよ」

などと嘆き続け、ようやく昼前の刻限に頂上に辿り着いた。

「吉田屋の旦那よ、峠の北の山道が登りより険しいぞ。泣き言なんぞ言っておると舌をかむでな」

と馬方に脅されて、

「地獄極楽は交代交代と思うたが、地獄ばかりが際限なく続きますか」

としょんぼりした。

「おきわ、気付けを頼もう」

幸右衛門は古関村の一膳飯屋で購《あがな》った徳利の濁り酒を所望した。だが、当人は一口飲んだだけで、

「大安寺様、道中無事のお清めの酒にございますよ」

と徳利を渡した。

渇いた喉を濁り酒が気持ちよく落ちていった。

一松は徳利を宇津木六平太に回した。

「それがし、遠慮致そう。吉田屋が言うとおり酒を飲み食らっておる場合ではござらぬゆえな」

「無理には勧めん」

一松はもう一口飲み、

「酔うほどに飲むわけではないわ」

と独り言を呟くと宇津木が、

「そうでしたな、喉の渇きを抑えるだけのことでしたな」

と一松から徳利を受け取り、ごくりごくりと飲んだ。

最後に徳利が馬方に渡され、それを飲み干した馬方が、

「吉田屋の旦那、最後の踏ん張りだ」

と出立を告げた。

馬方が言うように、だらだらとした下り坂は山の斜面に小さな上がり下がりを繰り返し、蛇行しつつ右左口の里へと向かっていた。

「馬方さん、里はまだか」

幸右衛門の息も絶え絶えだ。

「この先に平らな水場の台ヶ原《だいがはら》があるだよ。そこまで辿り着けば、難所は越えたと思いなせえ」

馬方の声に励まされつつ、峠道に開けた台ヶ原水場に到着した。するとそこに待ち人がいた。

「ひえっ！」

宇津木六平太が悲鳴を上げた。

一文字笠に羽織袴の武士に指揮された剣術家六人が台ヶ原を塞いでいた。

「大安寺様、橘道場師範代《しはんだい》原町鉄之助《はらまちてつのすけ》様にございますよ」

と馬上から幸右衛門が一松に囁《ささや》いた。

一行の歩みが止まった。

一松が前に出て、問うた。

「なんぞ用か」

「われらが用は一人だけだ。その方らさっさと峠を下りよ」

「その一人とはだれだな」

「その方に聞かせる謂《いわ》れはない」

一文字笠の原町がにべもなく吐き捨て、諸国を武者修行している風体の六人に顎《あご》で命じた。

「原町様、無法はなりませんぞ」

幸右衛門が言った。

「吉田屋、差し出がましい口を利くでない。よいか、峠で見聞したことはすべて忘れよ。逆らわばその方の店も取り潰しになると覚悟せえ」

「峠道とは申せ、甲府藩領の街道にございます、無法はなりませぬ」

「つべこべ申すと巻き添えを食うことになる」

原町が再び六人に命じた。すると六人が剣を一斉に抜き連れた。手馴れた様子で血腥《ちなまぐさ》い渡世を送ってきたことが想像された。

一松がずいっと前に出た。

「木偶の坊、そなた、何者だ」

原町が一松に叫んだ。

一松は肩に担いでいた木刀を水平に突き出した。

「身の程知らずが」

と原町が吐き捨て、

「宇津木六平太と一緒にこやつも始末せえ。吉田屋の始末はあとで考える」

と命じた。

一松は片手で寝かせていた木刀を立てた。

両手を添え、さらに高く突き上げた。

剣術家六人が半円に取り巻いた。

間合いは二間（三・六メートル）。

示現流の縦横無尽《じゆうおうむじん》を発揮《はっき》する広さはない。

一松は右から左へと人を殺《あや》めて金を稼いできた面々の相貌を見た。

けえええっ！

一松の口から峠を震撼させるほどの気合が洩れて響き渡り、六人がその声に誘われたかのように踏み込んできた。

一松もまた正面の剣術家に向かい飛び込んでいた。

剣と木刀が同時に振るわれ、木刀が刃にぶつかって、
がつん！

という鈍《にぶ》い音を響かせて折り飛ばし、さらに相手の眉間を叩き割り、それが横に流れて胴を叩き、肩口を強打し、さらに反対へと飛んで、突き出される剣と一緒に相手の手首を

砕き折った。

一陣の烈風が峠の台ヶ原水場を吹き荒《すさ》んで席巻し、動きを止めたとき、六人の剣術家が転がり、痙攣《けいれん》し、苦悶《くもん》に転がり回っていた。

木刀が呆然自失として言葉もない原町鉄之助に向けられた。

「その方、どうするな」

はらはら

と原町の体が震え、袴《はかま》を伝い、足元に小便が洩れ、湯気を立ち昇らせた。

あまりの恐怖に失禁したのだ。

「小便がそなたの命を助けたと思え」

一松が言うと、

「参ろうか」

とこちらも言葉をなくして立ち竦む馬方に声をかけた。

二

将軍連枝の家系、甲府藩の城下は武田信虎《のぶとら》（信玄《しんげん》の父）が永正《えいしょう》十六年（一五一九）に石和《いさわ》から躑躅ヶ崎《つつじがさき》に居館を移したことに始まる。

武田氏の滅亡の後、織田信長《おだのぶなが》の家臣が支配したが、本能寺《ほんのうじ》の変における信長の悲劇を経て、家康の支配下に移ったのが天正十一年（一五八三）のことで、甲府城を中心にした城下町がほぼ完成していた。

武田時代の居館躑躅ヶ崎を古府中あるいは上府中、江戸時代に入っての宿場を下府中と呼び分けた。

新しく開発された下府中は、甲州街道の中でもなかなかの繁盛の宿として知られ、

「此宿江近在近郷より搗栗《かちぐり》、打栗《うちぐり》、梨子《なし》、葡萄《ぶどう》、柿之類《かきのたぐい》、又は紙類、桜皮《おうひ》煙草入れ、曲物其他糸物、反物《たんもの》類を運送し此宿にて売買す」

と『大概帳』に記録されるように殷賑《いんしん》を極めていた。


一松らが甲府城下に到着したのは、台ヶ原水場で橘道場の師範代に指揮された一統を叩きのめした日の夜のことだ。

まず一行は吉田屋が店を構える柳町《やなぎまち》札の辻近くに立ち寄り、すでに下ろされていた表戸を叩いて、幸右衛門とおきわの帰宅を孝吉が告げ知らせた。

急に扉の向こうが慌しくなり、宇津木六平太が未だ馬上の幸右衛門に、

「吉田屋、いかい世話になった。改めて礼に参る。それがし、ただ今より台所頭山北様の屋敷に帰着の報告に参るでこれにて失礼致す」

と別れの挨拶をした。

「宇津木様、念には念を入れたほうがようございますよ。世話になったついでと申しては大安寺様に申し訳ございませんがな、大安寺様、最後まで宇津木様と同道していただけませぬか。孝吉を伴わせます。大安寺様が店にお戻りになる頃には湯も夕餉も用意させておきます」

と甲府の大商人の貫禄を見せて二人に指図した。

「よかろう」

と一松が返答をしたところに大戸が左右に開かれ、大山参りから湯治に出た隠居が馬に乗って帰宅したというので驚きの声が上がった。

「お父っつぁん、どうなされた」

と当代の主らしき人物が尋ねる声がした後、

「たれぞ医師を呼べ」

とか、

「旦那様、まずは馬から下りて頂くのが先でございます」

などと混乱の言葉が飛び交《か》った。

その最中に宇津木を送っていく一松が混乱の輪から離れ、背の荷を同輩の奉公人に渡した孝吉が急いで従った。

「大安寺どの、誠にもって相すまぬことにござる」

宇津木が札の辻を通りぬけたところで腰を折り、一松に詫びた。

「余計なことをするでない」

と吐き捨てた一松は、孝吉、屋敷に急げと命じた。

柳町の吉田屋から北に向かったところに藩主徳川綱豊の舞鶴《ぶかく》城があって、家臣団の住まいは城近くの重臣の屋敷から外側の下士のお長屋へと広がっていた。

宇津木の直属の上役、台所頭の屋敷は武田時代の古府中の一角にあった。

一松は城下に入っても一松らを警戒する目がないことを感じ取っていた。

橘道場の師範代原町鉄之助と剣術家を台ヶ原まで派遣した人物は彼らに全幅の信頼を寄せていたのか、宇津木を始末することは当然と考えていたのだろうか。

また原町一統が一松らに先行して城下に戻ったとは考えられなかった。手酷《てひど》く怪我をさせられており、原町にいたっては剣術家としての面目を失墜していた。

その衝撃から立ち直らないかぎり、甲府城下にのうのうと戻れるとも考えられなかった。

「大安寺どの、諸々ご親切痛み入る」

百俵の台所頭山北辰祐の屋敷は古びた冠木門《かぶきもん》で、それでも手入れがされ掃除が行き届いていた。

「宇津木様、私どもはこれにて」

と孝吉が挨拶し、二人は踵《きびす》を返した。だが、一町(一〇九メートル)も戻ったところで一松が、

「孝吉、先に戻っておれ」

と命じた。

「えっ、大安寺様はお店に参られないので。ご隠居にも旦那様にも私が叱られます」

と孝吉が血相を変えた。

「そうではない、あとで参る」

「城下にお知り合いがおられますので」

「初めて訪ねた甲府に知り合いなどいるものか。台所頭の屋敷には見張りがついておる」

「えっ、気が付きませんでした」

「原町らが失敗することを想定して山北屋敷は見張られていたのだ」

「宇津木様のお命が危のうございますか」

何日か行動をともにした宇津木に、孝吉は親愛の情が生まれていた。

「ここで見放しては世話のし甲斐《がい》がないというもの、戻ってみる」

「大安寺様、私も同道させてください。城下のことなら詳しゅうございます」

と孝吉が張り切った。この数日の旅で一松の無法ぶりを知り、少々の争い事などなんとも感じなくなっていた。

「私一人で戻ったら叱られますよ」

孝吉が繰り返し、一松が、

「致し方あるまい」

と許しを与えて再び山北の屋敷へとそっと戻った。


宇津木六平太が上役の台所頭山北辰祐に、御用旅の復命をするため門内に姿を消してから一刻半（三時間）が過ぎた。そろそろ四つ（午後十時）の刻限という頃合、宇津木が疲れ切った姿を門前に現わした。

見送りの人とてなく、宇津木が門内にちらりと視線を送って自分の長屋に足を向けた。

宇津木はとぼとぼと山北の屋敷から西へと歩いていく。

一松にはどこを歩いているのか判断付かなかった。そんな一松に孝吉が、

「宇津木様のお長屋はたしか穴切《あなきり》大神宮の裏手にあったと思います」

と二十五俵扶持の台所方の住まいを教えた。

家並みが途切れ、畑作地と住居地の境に杉の大木が聳え、月光が青く宇津木の姿を浮かび上がらせていた。

不意に杉並木の陰からぱらぱらと人影が飛び出してきた。

「な、何者です」

宇津木の狼狽の声が、見え隠れしてあとを尾行する一松と孝吉の耳に届いた。

「大安寺様」

「慌てるでない、孝吉」

二人は闇を伝い、騒ぎの場に近付いた。

「台所方宇津木六平太じゃな」

一統を率《ひき》いる頭巾の武家が念を押した。風体から藩士、それも上士であることに間違いなかった。

「いかにもそれがし宇津木六平太にございます。そなた様は」

「相州江之浦に御用旅、首尾はいかがであったな」

宇津木の問いを無視してさらに訊いた。

「それがしの上役山北様に復命したところにございます」

と言いながらも宇津木はじりじりと後ろへ下がっていた。

「後ろには逃げられぬ、見てみよ」

宇津木が後ろを振り見て、悲鳴を上げた。

いつの間にか木刀を手にした数人の門弟風の男らが、宇津木の背後を固めていた。

「なにをなさろうというので」

「台ヶ原水場にそなたを待ち受けている者はおらなかったか」

「橘道場の師範代原町鉄之助様のことにございますか」

「やはり原町らはそなたと遭遇しておったか」

と得心した頭巾の武家が、

「原町はどうした」

「さて」

「さてとはどういうことか」

杉の大木の背後から声が響いた。

「城下に戻るには数日要そうな」

「だれか」

一松の巨軀がのっそりと立った。着流しの肩に木刀を担《かつ》いだ恰好だ。

「その方、何者か」

「原町鉄之助らと戦う羽目《はめ》になった男よ」

その声に宇津木が、

「大安寺どの、どうしてここに」

と喜びとも驚きともつかぬ声を張り上げた。

「お節介《せつかい》ついでじゃ」

頭巾の武家が、

「仔細《しさい》は知らぬ。二人を叩きのめして屋敷に連れ込む」

と命じた。

「御勘定頭兵藤胤厚、御用商人高麗屋利左衛門に命じられてのことか」

「なにっ、どこの馬の骨とも分からぬ不逞の輩がそのようなことまで。宇津木、藩の内情まで漏らしたか」

と頭巾の男が叫んだ。

「そ、そなた様はどなたにございますな」

　宇津木が相手の正体を突き止めんと必死で再び叫び返した。

「かくなる上は二人して殺せ。その足で山北を襲う」

　一松が杉の大木の根元から宇津木の立つ道まで飛び降りた。

「この場にしゃがんでおれ」

　一松は宇津木を足元にしゃがませた。そうしておいて、ぐるりと刺客団を見回した。

　頭巾の武家の傍らに控える数人が腕に覚えのある連中と知れた。よく見れば稽古着の者が大半で、中には胴丸具足を着けている者もいた。一松と同じように木刀を携えた者もいた。その風体から柳生新陰流橘道場の門弟と推察された。同時に甲府藩の家臣でもあった。

「下郎、流儀と名を名乗れ」

　稽古着の面々の中でも年長の者が一松に問い質した。

「愛甲派示現流大安寺一松」

「田舎剣法を齧《かじ》ったか」

「その方の朋輩か、原町は。あやつ、おれの剣技に驚きおってな、失禁しおったぞ」

「戯《たわ》けたことを。原町はわが道場の師範格、浪々の武芸者などに引けはとらぬ」

「大安寺どのの申されること真ですぞ。原町どのはあまりの恐怖に小便を洩らされましたぞ！」

と宇津木が叫んだ。

頭巾の武家が、

「殺せ！　叩き殺して荒川に流してしまえ」

と逆上したように叫び返した。

一松は右手一本で木刀を立てた。

橘道場の門弟たちも木刀や剣をそれぞれ構えた。多勢ということに安心し切った構えだった。

さらに年長の頭分は腰の剣に、全く手も触れていなかった。

「わが剣法、披露するには勿体《もったい》ない」

一松の口からこの言葉が洩れ、片手の木刀をさらに天に突き上げた。

その行動に二人、三人と一松に殺到してきた。

一松も踏み込みつつ、まず正面の肩口に片手斬りの木刀を落とし、さらに右手に木刀を薙《な》いで横面を殴りつけ、倒れた門弟の体の上を飛んで三人目の脳天を叩きつけていた。そして、元いた場所に後ろ飛びに戻っていた。

一瞬の間に三人の門弟が片手殴りに倒されていた。

「医者に担ぎ込め、命は助かろう」

「抜かせ」

と吐き捨てた年長の門弟が腰の一剣を抜き、正眼に置いた。さすがに重厚な構えだった。残った門弟たちが一松を半円に囲んだ。

一松の背は杉並木だ。

「宇津木どの、ちと邪魔じゃ、杉の根元に寄れ」

一松が木刀で橘道場の面々を牽制《けんせい》しつつ、宇津木を杉の幹元に移動させた。するとそこへ孝吉が姿を見せて、二人が一つの影になってしゃがんだ。

「参る」

自らに言い聞かせるように最後に剣を抜いた門弟が、正眼の剣をゆっくりと右肩前に引き付けた。

相変わらず右手一本に木刀を立てた一松との間合いは一間半（二・七メートル）だ。

一松の視線が正面から外れた。

それを待っていたように年長の門弟が、
ええいっ！

と腹から搾り出すような気合を発して一松の左肩を狙ってきた。

一松は飛んだ。
飛びつつ片手の木刀を相手の肩口に落とした。
剣と木刀。
両手と片手の得物が唸りを上げた。
一瞬の差で相手の肩を砕いたのは片手殴りの木刀だった。
肩の骨が砕ける音が不気味に響き、
げえええっ！
という絶叫がそれに重なった。
押し潰されるように年長の門弟がその場に倒れた。
「まだやるか」
一松の問いに頭巾の武家が呻いた。
「退《ひ》き上げるとあらば怪我人を伴うことを差し許す」
その声にもはや答える者はいなかった。
一松はするすると杉の幹元まで下がり、
「参ろうか」
と二人に言いかけた。

城下をぐるぐると回って尾行者のないことを確かめた一松らが吉田屋に戻りついたのは四つ半（午後十一時）のことだった。

潜《くぐ》り戸から店の土間に入った一松らを、幸右衛門の倅と思える人物やら奉公人らが出迎えた。そして、送っていったはずの宇津木六平太が再び一緒なのを訝《いぶか》しく思いながらも、

「孝吉、どうしたことです」

と訊いた。そして、慌てて一松に、

「大安寺様にございますね。道中、両親が世話になりましてお礼の言葉もございません。私めが吉田屋の当代、玉右衛門《たまえもん》にございます」

と挨拶した。

一松が頷くところに奥から奉公人の肩を借りた幸右衛門が姿を見せた。

「どうなされました、大安寺様」

孝吉が早口で事情を説明した。

「なんということが」

と絶句した幸右衛門に、

「ご隠居、宇津木どのをこのまま長屋に帰すとどういうことに相なるやも知れん。そこで

こちらに同道願った」

と一松が説明すると、

「宇津木様、この騒ぎが収まるまでわが家に逗留して下さいな」

と幸右衛門が痩せた胸を、
ぽーん
と叩いた。

湯を浴びた一松と宇津木が膳の前に座ったのはなんと夜半九つ（午前零時）の刻限だ。

「大安寺様、改めてお礼を申します。親父とおっ母さんが念願の大山参り、熱海から箱根の湯治となんとか無事果たせましたのも、大安寺様のご同行があったればこそです。どうか、いつまでもわが家にご逗留下さいまし」

と玉右衛門が挨拶した。

久しぶりに隠居夫婦を迎えた吉田屋では深夜の宴《うたげ》が始まった。

一松は宇津木六平太と枕を並べて寝た。

眠りに落ちる直前、宇津木が、

「大安寺どの、それがし、いつまでこの家に居候致さばよいのだろうな」

「さあてのう。そなたらの上役が御勘定頭に抗して藩の財政を切り詰めようとした金子の高によろう。鯛《たい》千五百尾、江戸経由と江之浦直送ではいかほど切り詰められるな」

「ざっと概算で三百両から四百両になる」

「ほう、欲深い連中が狂うに充分な金子かな、当分お長屋に戻れぬと覚悟せえ」

「当分とはどれほどの日数か」

その問いに一松の鼾《いびき》が応え、宇津木が溜息を吐いた。

三

甲府を拠点に天下統一を夢見た武田信玄の居館躑躅ヶ崎は舞鶴城の北にあり、武田氏が滅亡し館がなくなった今、鬱蒼とした森を背後に建つ武田神社がかつての栄光を忍ばせて建つばかりだ。

神社の祭神は当然ながら武田信玄だ。

一松は早朝、武田神社の鳥居の前に立ち、信玄が覇《は》を唱《とな》えていた栄華の時代にちらりと思いを馳《は》せた。だが、一松に戦国武将が念願した天下統一の野望など理解の埒外《らちがい》だ。

くるり

と踵《きびす》を返すと、道を挟んで鳥居と向き合うようにある溝口派一刀流逸見武太夫義輝の道場へと足を向けた。

すでに道場からは朝稽古の気配が通りに洩れていた。

一松は宇津木と一緒に一刻余り熟睡した後、目を覚ました。高鼾で眠り込む宇津木を残して、吉田屋の店の通用口から外に出ようとした。すると宇津木が慌ててあとを追ってきた。

「大安寺どの、お出かけか」

「府中散策じゃ、すまぬが潜り戸の閂《かんぬき》を下ろしておいてくれぬか」

「戻ってこられますな」

宇津木が不安な顔で訊いた。

「案ずるな」

と言い残すと、脇差だけを腰に差して木刀を手に町に出てきたところだ。

溝口派一刀流は後年甲源《こうげん》一刀流として逸見太四郎義年《たしろうよしとし》が流派を立てることになる。だが、一松が見る逸見道場は未だ溝口派一刀流と称し、道場主は逸見武太夫であった。

道場は破れた土塀の中にあり、門扉は壊れ落ちたか、ない。

一松は門を潜った。

道場は寺の本堂を改装した風の建物であり、古びていた。内所は裕福でないのか、道場の建物の板壁が剝落《はくらく》した箇所《かしょ》を明らかに素人と思える手が修繕していた。

正面、左右に一間幅の板敷きの回廊があり、あちらこちらに修理の跡が見えた。

一松は道場の左手に回り、開け放たれた戸の向こうで稽古をする門弟衆の動きを見詰めた。

その数、三、四十人か。木刀での打ち込み稽古の最中だった。打太刀と仕太刀が阿吽《あうん》の呼吸で替わり、なかなか濃密な稽古風景だ。なにより、だれもが真剣で手を抜いている者は一人として見かけなかった。

一松は庭石に腰を下ろし、稽古を見上げた。なにしろ寺の建物を利用した道場だ。地面から四尺（一二一センチ）と床は高く、一松が座すと見上げる恰好になった。それだけに摺り足で踏み込む動きがよく見えた。

見所前に立つ老人が物静かに指導していた。

師の逸見武太夫であろう。初老にして痩身《そうしん》、頭髪も顎鬚も真っ白で老鶴《ろうかく》の趣《おもむき》があった。

「腰高になるでないぞ、腰高になれば木刀も浮わついた動きになるでな。腰を沈めて床に足裏を吸い付かせるように進退しなされ」

などと注意を与える逸見が、ふいに庭先の一松に目を留めた。

「武者修行のお方かな」

一松が立ち上がり、

「武者修行などおれの性に合わん。風に吹かれたぼうふらのように動いておるだけの人間だ」

ほっほほほ
と逸見武太夫と思える人物が笑い、

「退屈しのぎに体を動かさぬか」

と訊いた。

「よいのか」

「わが逸見道場は三方が開かれておる。好きなところから入られよ」

一松は草履をその場に脱ぎ捨てると、木刀を担いだまま、ひょいと四尺の高さの縁側に飛び上がった。

「ほう、そなたの足腰尋常ではないな」

「師匠の教える流派には受け入れられまい。おれのは空中勝負の剣術だからな」

「空中勝負の剣とはまたどのようなものか、流儀はなにかな」

逸見は六尺（一八一センチ）余と長身だが、腰が落ちて背中が曲がり、一松と相対すると頭一つほど身丈が違う印象を受けた。

「愛甲派示現流、だれも知らぬ剣法よ」

「示現流は薩摩の御家流の剣術じゃな、その流れか」

一松は亡き師愛甲喜平太の来歴と自身が編み出した剣法をざっと告げた。

ふむふむ
と聞いていた逸見が、

「その昔、それがしが西国を流浪中に、東郷重位様が創始なされた示現流の剣者の技を見たことがござる。河原でな、旅の武芸者の一団を相手に縦横無尽、一瞬にして数人が倒された。驚くべき実戦剣法であった」

逸見武太夫は若き日々を夢見るように追憶した。そして、ぽんぽんと手を叩き、稽古を止めさせた。

「本日、旅の武芸者どのが、わが道場を訪れなされた」

と言うと、

「お手前、名は」

「大安寺一松」

「名は大安寺一松どのだ。ご流儀は薩摩示現流の流れを汲む愛甲派示現流じゃそうな。甲府にいてはまずお目にかかれる流儀ではない。それがしがお頼み願う、しかと見物せよ」

と勝手なことを告げた。

普段の一松なら聞き入れもしなかったろう。だが、逸見武太夫の人柄がひょうひょうとして他意もないことが察せられた。一松は苦笑いして、

「老人、おれに棒踊りを見せよというか」

「そなたも体を動かしたくて、わが道場に紛れ込んだのであろうが」

「まあ、そうだが」

「ならば稽古と思うて同好の士にそなたの技を見せてはくれぬか。なんぞ必要なれば用意させようか」

「要らぬ」

と答えた一松は道場の真ん中に木刀を担いだまま立った。

道場の見所はその昔仏壇が安置されていたところだろう。本堂の四隅近くに太い円柱が立ち、大屋根を支えていた。天井板はなく、屋根の勾配がそのまま覗けた。

その高さ六、七間(一〇・八～一二・六メートル)はあった。

一松は担いでいた木刀を眼前に片手で構え、見所に向かい合って立てた。

ふうっ
と息を吐き、吸った。

片手で保持した木刀にもう一方の手を添え、さらに切っ先を高々と突き上げた。

けえええっ！

怪鳥の夜鳴きを感じさせる声が逸見道場の内外に響き渡り、一松が走り出した。

一松の脳裏には行く手を塞ぐ柱が見えていた。

幾冬も対峙《たいじ》した椎の大木だ。

幻の大木の頂きに向かって飛んだ。六尺三寸を超えた巨軀が軽々と虚空に浮かび、垂直に飛翔した。

おおうっ！

どよめきが起こった。だが、驚きはまだ早かった。

宙高く体を飛ばした一松に柱の頂きが見えた。

両の足が虚空を蹴り、木刀が背を激しく叩いた。その反動を利して師匠の手造りの木刀が前方へと振り抜かれた。

ちぇーすと！

凄まじい破裂音が一松の口を吐《つ》いた。太い木刀が電撃の勢いで虚空に円弧を描き、椎の

大木の真っ芯《しん》を、

かーん！

と打ち抜いた。

逸見武太夫らは一松が振り下ろした木刀の切っ先前に楔形の真空が生じ、その波動が剣者の眼前を塞ぐ、

「目に視えぬもの」

を打ち砕いたのを確かに見た。それぱかりか、そのものが真っ二つに裂かれて左右に倒れていくのも感じ取れた。

（なんということが）

絶句する門弟衆を尻目に一松は、

ふわり

と道場の床に着地し、着地した瞬間には横っ飛びに移動して次なる目標に襲いかかっていた。

四半刻（三十分）、暴風が逸見道場に吹き荒んだ。

なにも破壊したわけではない。だが、一松が木刀を振るった場には一人、また一人と斃れゆく者が見えた。

死屍累々《ししるいるい》の荒れ野が確かに展開されていた。

逸見も門弟も声もなく、再び道場の中央に木刀を提げて悄然《しょうぜん》と立つ一松を見た。

「薩摩示現流恐ろしや、と思うてきた。だが、そなたの技を見せられると本家本元の薩摩示現流などなんのことがあらんや。そなた、修羅《しゅら》か鬼神じゃな」

とようやく平静を取り戻した逸見武太夫が、啞然《あぜん》としながら呟いた。

「そなた、最前おのれの剣法は空中勝負というたな」

「いかにも」

「そなたの技は、どのような高みに飛翔しようとこの地平と密に結ばれおる、どこにも浮わついたところがないわ。わが溝口派一刀流の究極の教えが、今そなたが見せてくれた技かもしれぬ。われらが遠く及ぶところではない」

と感嘆した逸見武太夫は腰を深々と折り、

「よいものを見せてくれた」

と一松に礼を述べた。

「老人、技の披露賃が欲しい」

門弟がざわめいた。

「なんだ、結局草鞋銭欲しさの剣客か」

という表情を見せたものもいた。

「ほう、披露賃とな。して、その代価はいくらか」

「老人、そなたの剣技、この大安寺一松に見せてくれぬか」

一松の言葉には真摯《しんし》な願いがあった。

「年寄りに恥をかかせようという魂胆《こんたん》か。よかろう、この世の置き土産《みやげ》に披露しようか」

逸見武太夫は門弟の一人に剣を取りにいかせた。

「そなた、溝口派一刀流の流祖がだれか知るまいな。先祖は新羅三郎義光《しんらさぶろうよしみつ》と申すが眉唾《まゆつば》であろう。われらが先祖の逸見三郎義清が甲州に住み着き、武田冠者《かじゃ》とか逸見冠者と称し、甲州源氏の祖となった。この逸見冠者がな、溝口派一刀流を習って、この甲州に広めようとした。その末裔がこの年寄りよ」

と来歴を説明したとき、門弟が塗りの剝げた赤鞘の刀を持参した。

刃渡り二尺三寸（七〇センチ）、定寸の刀だった。

稽古着の腰に悠然と差し落とすと見所を見た。

一松は逸見武太夫の腰がすっくと伸びるのを見た。

「溝口派一刀流兵法ご披露申す」

逸見武太夫のハの字に開かれた足裏が道場の床を、いや、大地をしっかりと摑まえ、すっくと立った。

樹齢何百年もの大木が地面に立った趣が漂った。

門弟たちも普段そうそうに見物できない師の秘技か、固唾《かたず》を呑んで師を凝視していた。

ふうっ
息が吐かれた。静かに吸われ、
はっ
と止められた。

逸見武太夫が静かに剣を抜き、正眼に置いた。ただそれだけの動作に一松は深遠な奥義を見た。

（おれにはできぬ）

また、おのれの剣とは水と火ほどに違うものだと感じた。

幼くして剣を志し、一身を捧げた剣術家のみが到達し得た境地だ。

中間の子が侍になると宣言して、腰に大小を帯びた、その生き方とはまるで違う悟達《ごたつ》の域だ。

逸見武太夫は枯淡《こたん》を感じさせて、溝口派一刀流の、

「かたちと心」

を一松に見せてくれた。

奥伝披露が終わったとき、一松は重い疲労を感じていた。だが、同時に重い疲労は心地のよい浄化でもあった。

「老人、そなたの遍歴《へんれき》が剣の動きに濃密にも詰まって見えた。言葉もない」

「大安寺どの、そなた、猪《いのしし》武者ではない。二十年後のそなたの剣を見てみたいが、あの世からということになろうかな」

「その前にこのおれが何処《どこ》の地にてか野垂《のた》れ死にしておるやもしれぬ」

ほっほほほ
と老剣客が笑い、

「新作《しんさく》、徳利と茶碗を呉《く》れぬか」

と先ほど剣を持参させた門弟に呼びかけると、縁側に一松を招いた。

荒れた庭と思えた庭も、よく見れば逸見老人流の手入れがされているようで、茫々《ぼうぼう》とした庭に春の朝の風情が漂い、穏やかな光が差していた。

「そなた、甲府に逗留中か」

「昨日、甲府入りし、札ノ辻の蠟燭問屋に厄介になった」

「吉田屋と知り合いか」

「道中で知り合い、甲府に誘われたのだ」

一松は吉田屋幸右衛門に誘われた経緯やら、台所方の宇津木とも同道し、橘道場の門弟らとひと悶着《もんちゃく》起こしていることも告げた。

「ほうほう、これはまた愉快な御仁に会うたものよ」

「おれが橘道場と諍《いさか》いを起こしていることが愉快か」

「おうさ、うちはこの府中で何代も前から剣術道場を開いてきたがな、近頃は江戸から綱重様の甲府入りに同道してきた橘道場に押されっ放しでな、息も絶え絶え、いろいろとあるでな、そなたの語ったような愉快話は心身によいわ」

新作が茶碗と大徳利を運んできて、

「先生、朝酒は二杯までですぞ」

と釘を刺した。

「酒も好きに飲めんとは情けなや」

逸見老人はにたりと笑い、二つの茶碗に注ぎ分けた。

二人は茶碗の酒に口をつけた。一松は嘗《な》める程度だが、逸見は喉を鳴らして一気に飲み干した。

「橘道場には城のお偉方と御用商人が付いておるでな、甲府者ではどうにもならん。台所頭の山北は苦しき立場に立たされたな」

「山北を承知か、老人」

「山北も宇津木六平太もそれがしの弟子だ。腕は二人してよくないがのう」

と笑い、徳利を手にした。

「まあ、あやつらは御家大事の忠義心と己の信念で、鯛の江之浦直送を企てたのだ。腹を括《くく》ってのことであろう。だが、宇津木とそなたを受け入れた吉田屋はちと苦しい立場に追い込まれるやもしれんな」

「ならば早々に吉田屋を出ようか」

「今更動いても遅かろう。そなたが吉田屋の隠居夫婦と同道して甲府入りしたことはすでに御勘定頭兵藤胤厚も御用商人高麗屋利左衛門も承知しておるわ」

一松は頷いた。

「そなた、師範代の原町鉄之助を使い物にならぬようにしたと言ったな。となると橋も怒り心頭であろう。そなたとの戦が今から楽しみじゃぞ」

と独り得心の体の逸見武太夫が、

「昨夜、そなたが会うた頭巾の武家じゃがな、御勘定頭どのの用人鳴滝《なるたき》正吾《しょうご》であろう。こやつが橘道場の腕自慢を御番衆のように連れ回しているそうな」

「御勘定頭は家禄五百三十石と聞いた。兵藤の上に重臣も数多《あまた》おろうが」

「その重臣は高麗屋から流れた賂《まいない》で口を塞がれておるのだ。今や、甲府藩国元を五百三十石の御勘定頭が動かしておられるのよ」

一松はまた茶碗酒を嘗めた。

「老人、なんぞあった場合、兵藤と高麗屋の首根っこを押さえたいが、どこに参れば会えるな」

「舞鶴城の西、昇仙峡《しょうせんきょう》から流れ出る早川の淵に高麗屋の寮がある。流れに接した別邸はあれしかないで、すぐに分かろう。なんぞ悪巧みをなすときはこの寮にがん首を揃えるそうな」

「よいことを聞いた」

一松は茶碗に残った酒を飲み干すと、木刀を手に縁側から庭に履き捨てた草履へと飛んだ。

「大安寺一松どの、高麗屋の寮には必ず柳生新陰流橘参左衛門どのと、道場の面々が同行しておるそうな。自愛なされよ」

「老人、自愛して長生きしたところでなんの益がござろうか。橘道場の面々が立ち塞がるなれば踏み潰すまでよ」

「いかにもそなたの申すとおりかな。この逸見武太夫など馬齢を重ね過ぎたやもしれぬ」

逸見が自嘲《じちょう》するように茶碗を摑んだ。

「よき武芸を見せて貰うた」

「それはお互いよ、そなたの武運を祈ろうか」

「さらば、逸見武太夫どの」

「助けが要るようなれば知らせてくれぬか。冥土の土産に甲府城下の掃除を手伝うて参ろうかと思う」

頷いた一松は踵を返すと門扉のない門へと向かった。

四

陽が落ちて事態が急変した。

夕暮れ前、宇津木六平太が吉田屋出入りの馬方の恰好に扮装《ふんそう》して、お長屋の様子を見にいった。そこで賄方、台所方の同輩らの慌しい動きに気付いた。

「おい、吉武《よしたけ》」

とたまたまお長屋を忙しげに出てきた同輩に声をかけた。

吉武は馬を引いた宇津木の頬被りの顔を見ていたが、

「宇津木、その恰好はなんだ」

と問うた。

宇津木は吉武をお長屋から離れた神社の境内に連れ込み、

「そのようなことはどうでもよい。それよりなんぞ異変があったか」

とまずそのことを先に尋ねた。

「本日、城中に呼び出されたはずの賄頭川本代次郎《かわもとだいじろう》様と台所頭山北辰祐様の二人の行方が分からなくなったのだ。城中へ従った若党、中間らは大手門脇の控え部屋で待機していたがな、いつまで経っても城下がりされぬ二人のことを問い合わせた。すると玄関番の若侍が本日、賄頭と台所頭の登城の予定なし、と答えたとか」

「おかしいではないか」

「二人の供も必死で、『お待ち下さい。私ども自らが主に従い、このように五つ半（午前九時）の刻限から何刻もこの場で待機しておるのです。今一度、お問い合わせ下さい』と食い下がったそうな」

「それで」

「『そなたらの主は城中のどちらに参られたか』と玄関番に問い返され、『それは聞かされておりませぬ』と答えると、『そのような曖昧《あいまい》なことで城じゅうを訊いて回れるものか。一旦屋敷に戻られ、主どのが戻っておらぬか調べられよ』と一蹴《いっしゅう》された。そこで川本家と山北家のお付きの者たちは慌てて城から屋敷に戻ってみたが、当然なことに屋敷に戻った形跡はない。『その方、寝ぼけておるか。ちゃんと主の城下がりに目を凝らしておらなんだな』と用人に怒鳴られた川本家の若党は、『ご用人、そのようなことはございません。台所頭の山北様の中間どのと水も飲まず大手門内供部屋の前で待機しておりました』と強く言い切ったそうな」

宇津木は考え込んだ。

吉武がさらに続けた。

「用人どのは山北家にも事情を問い合わせたが、こちらも闇夜、狐に抓《つま》まれた体で用人と中間が玄関先で押し問答をしていたというぞ。そこで川本と山北両家の用人二人自らが城に上がり、改めて問い合わせたが、二人が登城したことはないという一点張りだそうだ」

「それからどうした」

「宇津木、どちらからともなく本日の城呼び出しはどなたからと訊き合うと、両家ともに御勘定頭兵藤様のご家来が遣いにきたことが判明した。だが、二人の主ともに遣いの用件はだれにも話さず登城されたのだ」

「相分かった」

賄頭と台所頭の二人が御勘定頭の意に逆らい、祝い鯛千五百尾を相州江之浦から直送する企てを立て、宇津木六平太を江之浦に派遣したのだ。当然このことと関わりがあっての呼び出しであり、また、行方知れずだと宇津木は確信した。

「宇津木、そなたは御用からいつ戻ったのだ、なぜ馬方の恰好に変装しておる」

と吉武が当然な疑いを呈した。

「吉武、昨夕、山北様の屋敷を訪ね、江之浦行きの御用の首尾を報告した」

「ならばなぜお長屋に戻らぬ」

「ちと事情があってな」

「二人の上役が姿を消し、そなたも長屋に戻れぬとは尋常ではないぞ。御用と関わりあることか」

「いかにも」

「宇津木六平太、そなた、そのむさい恰好《なり》をせぬと表を歩けぬ理由があるのか」

「ある。吉武市蔵《いちぞう》、わが主と賄頭が行方を絶たれたのには事情が隠されておる、だれが二人を拉致《らち》しているか推量もつく。ここでおれに会ったことを当分極秘にしてくれぬか」

「なぜそのようなことをせねばならぬ」

「吉武、それがしが相州江之浦に参った御用を考えてみよ」

あっ
と叫び声を上げた吉武が、

「兵藤様と高麗屋がこの一件に反対じゃったな。此度の川本様と山北様の行方知れずに兵藤様が関わっておられるのか」

「まず間違いない」

「いくら御勘定頭兵藤様とて、そのような強引な手は使われまい」

「よく聞け、吉武。江之浦からの帰路、おれは何度も襲われたのだぞ。刺客は橘道場の息がかかった連中だ」

「なんということが」

と絶句した同輩の吉武が、

「お二人を城に呼び出し、拉致したのは兵藤様の手の者か」

「兵藤様、高麗屋、橘道場の面々の策と考えたほうが得心がいく」

吉武がようやく首肯《しゅこう》した。

「よいな、当分おれのことは家族にも話すでないぞ」

宇津木は厳しく念を押すと馬を引いて急いで吉田屋に戻り、

「大安寺どの」

と一松に急な事態の展開を告げた。その場には幸右衛門も同席していた。

「勘定頭め、小賢《こざか》しきことを考えおるわ」

「大安寺どの、お願い申す。わが主と賄頭川本様を助けて下され」

「まあ、待て。舞鶴城下に巣食う悪党を退治するのはちと大仕事じゃあ、思案もいる」

と答えた一松は幸右衛門に願い、一松と宇津木に夕餉の膳の用意を急ぎ頼んだ。

「このような時に飯など」

と苛立つ宇津木に、

「なんとしても腹が減っては戦ができぬと申すからな」

と答えた一松は、宇津木に馬方の扮装を改めよと命じた。宇津木が慌てて座敷を出ていった。

それを見た幸右衛門が手を叩いて台所に膳二つを急がせると、

「大安寺様、川本様も山北様も藩財政を心から思うての行動にございます。なんとか忠義の臣を助け出して下され。私からも願います」

と頭を下げて願った。そして、

「大安寺様、この一件には私も関わりがございます。なんぞ手伝いたいがこの足ではな」

と嘆いたものだ。

「御勘定頭兵藤の横暴を苦々しく思うておる重臣はおらぬのか」

吉田屋幸右衛門がしばし思案して、

「ただ今は隠居なされておられますが先の寄合、新見忠信《にいみただのぶ》様改め梅翁《ばいおう》様が兵藤様のことを面白く思うておられぬことは確か。何度か江戸の綱豊様に兵藤様咎《とが》め立ての書を密かに書き送られたと聞いております。新見梅翁様の嫡男が五千三百石を継いで寄合に就いておられますゆえ、梅翁様が動かれれば、重臣も黙ってはおられますまい」

「隠居は新見梅翁と面識あるか」

「隠居所に時折茶のお相手にお訪ねする間柄にございます」

「遣いを頼もう」

「して要件は」

一松は思案した考えを告げた。

「一気に大掃除をなされますか」

「それしか手はあるまい。賄頭と台所頭を人質にとられてはな」

「大安寺様はお二人がどこに幽閉されておられるか、ご存じでございますか」

「高麗屋は昇仙峡から流れくる早川河畔に寮を持っておるそうではないか。まず二人が連れ込まれたとしたら、その寮であろう」

「いかにもさようでした」

「早速梅翁様の隠居所を訪ねますが、ほかに用事はございませぬか」

「もう一つある。隠居所に参る前に逸見武太夫どのの道場に立ち寄り、助勢を願うと頼んでくれぬか」

「大安寺様は逸見老先生とご面識がございますので」

「今朝、道場を訪ねたで、互いの腹の中は分かっておるつもりだ」

「大安寺様の早業には驚きました」

幸右衛門は手を叩いておきわを呼び、羽織袴の用意と駕籠《かご》を呼ぶように命じた。

四つ半（午後十一時）の頃合、大安寺一松と宇津木六平太は、高麗屋の築地塀を巡らした寮の裏手に立っていた。築地塀の下は早川の流れで小舟を利用できるように、敷地に水が引き込まれていた。

敷地の中から人の声がかすかに伝わってきた。

酒でも飲んでいる様子で若い女の声も混じっていた。

「参ろうか」

「大安寺どの、われら二人で乗り込むので」

「他にだれがおる」

「表を見てお分かりだろう。柳生新陰流橘参左衛門道場の腕自慢が揃って警護にあたっておる」

「それがどうした。第一、そなたの上役救出であろうが。そなたが率先《そっせん》して働け」

「それがし、剣には自信がござらん」

「そなた、逸見武太夫どのの弟子じゃそうな」

「だれがそのようなことを」

「老師から直《じか》に聞いたわ」

「大安寺どのは老師を知っておられるのか」

「今朝、道場を訪ねた」

「しゃっ」

と宇津木が奇声を発し、

「致し方ない。それがし、死ぬ覚悟で大安寺どのの助勢を相務める」

「おれが助勢、そなたが主役ぞ」

と言うと一松は木刀を塀に立てかけ、それを足掛かりにひらりと塀の上に飛び上がった。

「木刀を渡し、手を差し出せ」

一松は木刀を受け取ると宇津木の体を片手で塀の上に引き上げた。

竹林越しに赤々と灯った宴の光景が見えた。

「おうおう、御勘定頭の兵藤に高麗屋利左衛門、橘参左衛門も顔を揃えておるぞ。女も綺麗どころが揃っておるわ、さすがに高麗屋じゃな」

羨《うらや》ましそうな声で宇津木が甲府藩を牛耳《ぎゅうじ》る面々を一松に教えた。

一松はどこらあたりに川本と山北の二人が連れ込まれたか、寮の広い敷地を見回した。

すると宴が開かれている左には離れ屋があり、明かりがうっすらと灯っていた。さらに反対側に目を転じると土蔵があって、煙草の火が、ぽおっと浮かんだり、消えたりしていた。

「あれだな」

一松が土蔵を指し、木刀を手に庭に飛び降りた。続いて宇津木が飛び降りたが、足を苔《こけ》に滑《すべ》らせて転び、

「あ、いたた」

と思わず声を洩らした。

いないように思えた。

「静かにせぬか」

宇津木が慌てて口を閉ざし、二人は様子を窺った。幸いなことに侵入に気付いた人間は
いないように思えた。

一松と宇津木は土蔵を目指して暗がりを伝い、土蔵に近付いた。

「おい、あちらではこやつらをどうする気だ」

「兵藤様は明朝までに江之浦の一件を諦めるなれば、命だけは助けると申されておる」

「変心しなければ、これか」

と一人の見張りが刀の柄を叩いた。

「始末して笛吹川《ふえふき》まで運び、川に投げ込んで領外へ骸《むくろ》を流すそうだ」

「だれが介錯人を務める」

「橘先生の指名次第よ」

「おれは御免だな」

三人の見張りが退屈しのぎに話していた。

一松は歩みも止めずに三人に近寄った。

「なんだ、おまえは」

一松の肩に担いだ木刀が片手殴りに三人の肩口を叩き、鳩尾《みぞおち》を突いてあっさりと転がし

た。

「さすがは大安寺どの、お見事」

宇津木が追従《ついしょう》を言うのを尻目に扉を押し開いた。すると二人の武家が土蔵の柱に背中合わせに結わえ付けられていた。

「山北様」

宇津木が一松の背後から飛び出し、

「宇津木六平太、危険を顧みず山北様と川本様の救出に駆け付けましたぞ」

と言うと脇差を抜いて二人の縄目を次々に切った。

「宇津木か」

山北の声が気だるく響いた。だいぶ折檻《せっかん》を受けた様子で顔も腫《は》れ上がっていた。

「もう大丈夫です。大安寺一松どのがお味方ですからな」

と宇津木が言ったとき、一松はすでに土蔵を出て、宴会が繰り広げられる高麗屋の寮の大広間に向かっていた。

「兵藤様、明け方までにはちと時間もございます。この中の娘の一人と離れ屋でお過ごしになられますか」

と高麗屋がにこやかに笑いかけ、

「一人では寂しかろう、二人ほど生け捕りにしていこうか」

「ならばお好きな娘を選んで下さい」

と高麗屋が答えた瞬間、柳生新陰流の橘参左衛門がかたわらの剣を引き寄せ、

「何者か！」

と庭の暗がりに向かって誰何《すいか》した。

肩に木刀を担いだ大安寺一松が飄然《ひょうぜん》と、座敷から洩《も》れる明かりの下に姿を見せた。

「おまえ様はだれにございますな」

高麗屋が訝し気に声を上げ、橘参左衛門が、

「原町鉄之助を使いものにならなくした不逞の浪人であろう」

「ならば吉田屋の差し金ですか、橘様」

「分からぬ。吉田屋の詮索《せんさく》は明日でよかろう」

橘が立ち上がると手にしていた剣を腰に差し落とし、縁側に立った。

「お出合い下され、曲者《くせもの》にございますぞ！」

と高麗屋利左衛門が表を警護する橘道場の面々を呼んだ。その声に寮の表を固める橘道場の門弟たちが、寮の中へと飛び込もうとした。

「待たれよ」

闇から声がして逸見武太夫が姿を見せた。

「そなたら、闘争に加わってはなりませぬぞ。そなたらの本分は橘道場にあらず、甲府藩徳川綱豊様へのご奉公第一にござればな」

「抜かせ、年寄りが」

と師範鈴村伝七《すずむらでんしち》がいきなり剣を抜くと、逸見武太夫に斬りかかろうとした。

逸見がふわりと踏み込み、上段から打ち下ろす鈴村の剣を掻い潜ると、
びしり
と重い胴斬りを鮮やかに決めた。

げえぇっ
鈴村がきりきり舞に斃れた。

「やりおったな」

門弟たちが逸見を囲もうとした。

闇から逸見道場の門弟たちが姿を見せて立ち塞がった。

「逸見道場か、おもしろい」

と斬りかかろうとした矢先、闇からもう一人姿を見せた人物がいた。

「ご隠居」

「新見梅翁様」

と橘道場の門弟たちが思い掛けない人物の登場に立ち竦んだ。

橘道場の面々は大半が甲府藩の家臣だ。

先の寄合新見梅翁が綱重、綱豊二代の藩主の信頼厚いことを承知していたし、その清廉《せいれん》潔白《けっぱく》な人柄と威厳は知られていた。

「藩士同士が斬り合うことはこの梅翁が許さぬ」

隠居ながら烈々《れつれつ》たる闘志を内に秘めた梅翁の隠然たる声が辺りに響き、動きを止めた。

橘参左衛門は剣を抜いた。

一松は四間（七・二メートル）ほど離れた庭に立っていた。肩の木刀を片手で立て、それにもう一方の手を添えると切っ先を突き上げた。

きええっ！

凄まじい気合が高麗屋の寮の内外に響き渡り、それに釣られたか、橘参左衛門が庭に飛んだ。

一松が反動もつけずに高々と飛翔した。

あっ！

高麗屋が驚いて叫んだ。座敷の視界から一松の姿が消えたからだ。

橘が抜いた剣を脇構えに移し、一松の下降に合わせ、斬り上げようと構えた。

ちぇーすと！

夜気を引き裂いて示現流の気合が轟《とどろ》き、雪崩れるように木刀が振るわれると橘の五体を楔形の波動が襲い、硬直させた。

その直後、一松の木刀が橘の眉間を叩き割り、
ふわり
と縁側の踏み石に下りた。

睨まれた兵藤胤厚と高麗屋利左衛門は恐怖に身を竦ませた。

「だ、だれかおらぬか」

それでも兵藤が橘道場の門弟を呼んだ。すると隣の座敷から二つの影が立ち現われた。

新見梅翁と逸見武太夫だ。

「勘定頭兵藤胤厚、御用商人と癒着《ゆちゃく》し、かような宴を度々繰り返していたそうじゃのう。なんのためか」

「新見梅翁様、な、何用あってかような場所に隠居の身で出て参られましたな」

兵藤も必死で抵抗した。

「黙れ、兵藤。そなたの行状知らぬと思うてか。すでに江戸の綱豊様にはおよそのところご報告申し上げてある。綱豊様の沙汰《さた》が下るまで屋敷にて謹慎《きんしん》致しておれ」

「隠居の分際で」

と狂った兵藤が梅翁に脇差を抜いて打ちかかろうとした。

逸見がするすると出ると、

「御免」

と言いつつ、前帯に差していた白扇《はくせん》を抜き、兵藤の眉間を、
ぴしゃり
と叩いてその場に跪《ひざまず》かせた。

「一同神妙に致せ」

逸見武太夫の声が凛《りん》と響いて甲府藩に巣食う獅子身中《しししんちゅう》の虫が退治された。

梅翁は藩を二分する騒ぎを阻止した人物を庭に探した。だが、そのときにはもはや大安寺一松の姿はなかった。

翌日、大安寺一松は武田信玄が信濃攻略の一つとして甲府から切り開いた軍事街道、

「上ノ棒道」

の上にあった。

そして、遠く離れた小田原城下でその一松の行方を追い求める薩摩藩の探索方萬次郎《まんじろう》が、

「あの化け物、どこへ行きやがったか」

と箱根の山を見ながら呟いた。

解説――新機軸か、新境地か？　一松《いちまつ》に劇的な変化が！

文芸評論家　細谷正充《ほそやまさみつ》

現在の佐伯泰英の、年間刊行ペースをご存じだろうか。なんと十六冊である。これだけでも驚きだが、本人から直接聞いたところでは、約二十日で一冊完成のペースで執筆している（以前、話を聞いたときは二十五日だった。いつの間に、五日も短縮したのだ！）というのだから、ビックリ仰天《ぎょうてん》だ。まさに驚異的なスピードだが、それだからこそ、十本ものシリーズを並行して書き続けていられるのだろう。

とはいっても、すべてのシリーズが同じペースで刊行されているわけではない。たとえば本書を含む「悪松《わるまつ》」シリーズは、どちらかといえばスローペースである。同じ祥伝社文庫で、佐伯時代小説の中でも一、二の人気を誇る「密命」シリーズを執筆していることを考えると、まあ、しかたがないかとは思う。だが作品の面白さでいえば、「悪松」シリーズは、けして「密命」シリーズに引けを取らない。それだけにシリーズ第五弾となる本書『秘剣流亡』の出版が嬉しいのである。

すでに周知の事実であろうが、今までのシリーズを振り返りながら、本書の内容に触れていきたい。初めて読者の眼前に現われた〝悪松〟こと一松《いちまつ》は、中間《ちゅうげん》を父親に持ち、摂津三田藩《せっつさんだ》三万九千石・九鬼長門守《くきながとのかみ》の上屋敷の長屋で暮らす、十七歳の若者であった。しかし、父親が賭場の諍《いさか》いが元で、あっさり殺されてしまったことから、彼の人生は激変する。賭場に乗り込んで、諍いの相手と、父親を殺した奴を叩きのめしたのだが、これが原因で、藩邸を追われ、さらには江戸追放になってしまったのだ。諍いの相手というのが、藩が多額の借金をしている御用商人の店の番頭だったためであった。

理不尽な仕打ちを受けた一松は、低き身分を嫌い、強い侍になることを渇望《かつぼう》。箱根《はこね》山中で老武芸者から愛甲派示現流《あいこうはじげんりゅう》を学んだ彼は、大安寺《だいあんじ》一松弾正《だんじょう》を名乗り、江戸に舞い戻る。破竹《はちく》の勢いで道場破りを続ける一松だが、示現流を使うことが、薩摩《さつま》藩の逆鱗《げきりん》に触れた。かくして薩摩藩を敵に廻しての、一松の激越な闘いの幕が上がるのだった。

以後、シリーズは、一松と薩摩藩の闘いを中心に進行していくのだが、シリーズ第三弾『秘剣乱舞　悪松・百人斬り』で、水戸のご老公《ろうこう》こと水戸光圀《みとみつくに》が本格的に登場。光圀と一松の関係が生まれたことで、物語の幅が拡がった。また、第一弾『秘剣雪割り　悪松・棄郷《ききょう》編』で身請《みう》けした女郎のやえとは、夫婦同然の関係になり、第四弾『秘剣孤座』では、銚子《ちょうし》にある彼女の実家の近くに、ふたりの家を構えた。

そして本書『秘剣流亡』である。なにくれとなく水戸家が世話を焼いてくれ、順風満帆《じゅんぷうまんぱん》に見える生活。しかし、江戸小梅《こうめ》村の水戸藩下屋敷で襲ってきた薩摩藩の刺客を返り討ちにした一松は、ふらりと旅に出た。小田原城下に現われた彼は、相撲興行に飛び入りしたのが縁で御馬宿の隠居・万屋長右衛門《よろずやちょうえもん》に見込まれ、一家に立ち込める暗雲を追い払う。さらに箱根山中では、北条《ほうじょう》家の隠し里を巡る騒動、甲府《こうふ》では藩内の利権抗争に巻き込まれてしまうのだった。一松の行くところ、常に血風が吹き荒れる。

さて、本書では大きく分けて三つの騒動が扱われているが、瞠目《どうもく》すべきは、ふたつ目の騒動である。これを読んで「ええっ！」と、叫び声を上げた人もいることだろう。なぜなら佐伯作品にしては珍しく、実に濃厚な濡れ場が描かれているのだ。新機軸なのか、新境地なのか。かなり意表を突かれてしまったが、シリーズの流れを考えると、作者の意図が見えてくるように思われる。

それを理解するために注目したいのが、一松の使う秘剣だ。ためしにシリーズ第四弾までのタイトルになっている秘剣を見てみよう。

秘剣雪割り——強力な足腰のバネで天空に身を躍らせて、両足を後ろに反らせ、木刀を背中に叩きつけた反動で前方に打ち下ろす。空気が割れ、楔《くさび》形の真空が生まれるほどの鋭い剣。

秘剣瀑流《ばくりゅう》返し——薩摩示現流の強敵・東郷重綱《とうごうしげつな》の秘剣「鎌鼬《かまいたち》」を破るために会得《えとく》した技。水流を打ちつけることにより、結果的に膨大《ぼうだい》な飛沫を跳ね上げる。

秘剣乱舞——木刀の動きを停滞させず、身体も常にひとつの場所に止まることのない、激しい剣。

秘剣孤座——狭い船の中の斬り合いで披露した秘剣「船中不動斬り」を発展させたもの。自分は動くことなく、周囲の敵を斬り伏せる。

どうだろう。「雪割り」「瀑流返し」「乱舞」と「孤座」の違いが分かってもらえるだろうか。シリーズ第三弾までの秘剣は、どれも激しい動きから生まれている。いうなれば、悪松の荒ぶる魂と直結した〝動〟の剣である。ところが秘剣「孤座」は、それまでの動の剣から一転、自分のいる場所から動くことなく刀を揮《ふる》う〝静〟の剣になっているのだ。

この違いの原因は何か。答えは、一松の立場と、それに伴う心の変化に求められるように思われる。シリーズ当初の一松は、天涯孤独の身であり、強き侍になろうという一念を抱いていた。そこには、世界中を敵に廻しても、自分の存在を主張しようという、荒々しい姿勢があった。ただ攻撃あるのみの愛甲派示現流を（これがおれの剣）と信じ、敵対する者には牙をむき出しにして突き進んでいったのである。

しかし、そうした一松の立場と心は、シリーズが続くにつれ、徐々に変わっていく。水戸光圀を始め、多くの人が、彼の剣を認めるようになってきた。また、最初は単純な男と女の関係であったはずのやえとは、夫婦同然となり、ついに家を構えた。やえの家族からも、身内として慕われている。大安寺一松弾正は、ついに家族と居場所を得たのだ。だからこそ秘剣「孤座」は、自らは動かない〝静〟の剣になっているのである。

こう考えると、本書の「秘剣流亡」の意味も、見えてくる。詳しい内容は作品を読んでいただくとして、北条家の隠れ里のリーダー・六斎清女《ろくさいせいじょ》に追われる一松（余談になるが、この場面は「安珍清姫」の捩《もじ》りだろうか。だって、大安寺一松に六斎清女である）は、対決の手段として剣ではなくセックスを選ぶのだ。剣が死の象徴ならば、セックスは生の象徴。一松の変化を端的に表現するための、濃厚な濡れ場だったのではないだろうか。

それに関連して、甲府藩の利権抗争に巻き込まれたときの、対処のしかたも見逃せない。敵がどれほど多数でも一人で立ち向かう（なにしろ百人を相手にしたことあり）一松だが、ここでは知遇を得た道場主に協力を頼むのだ。孤剣しか知らなかった若者も、他人との関係性の中で生きることを、学んだようである。本書は、そのような一松の変化を実感できる一冊になっているのだ。

ああ、だからといって、一松のチャンバラ・パワーが弱まったわけではない。林崎無《はやしざきむ》想《そう》流居合の達人との凄絶《せいぜつ》な対決。赤鎧《あかよろい》を着込んでの大暴れ。六尺三寸の巨体から繰《く》り出される豪剣は、本書でも冴《さ》えまくっている。痛快な剣豪小説を求める読者にも、自信を持ってお薦《すす》めしたい作品なのである。

それにしてもこのシリーズ、ますます先の展開が読めなくなった。一松の血風旅は、これからも続くのか。薩摩藩との確執はどうなるのか。恐るべき若者の行き着く果てを、見届けたいものである。

佐伯泰英時代小説　著作一覧（刊行順）

001　密命　見参！　寒月霞斬り　密命①　祥伝社　一九九九年一月
002　瑠璃の寺　角川春樹事務所　一九九九年二月
003　密命　弦月三十二人斬り　密命②　祥伝社　一九九九年九月
004　密命　残月無想斬り　密命③　祥伝社　二〇〇〇年三月
005　八州狩り　夏目影二郎始末旅①　日本文芸社　二〇〇〇年四月
006　異風者《いひゅもん》　角川春樹事務所　二〇〇〇年五月
007　死闘！　古着屋総兵衛影始末①　徳間書店　二〇〇〇年七月
008　代官狩り　夏目影二郎始末旅②　日本文芸社　二〇〇〇年九月
009　異心！　古着屋総兵衛影始末②　徳間書店　二〇〇〇年一二月
010　刺客　密命・斬月剣　密命④　祥伝社　二〇〇一年一月
011　橘花の仇　鎌倉河岸捕物控①　角川春樹事務所　二〇〇一年三月
012　抹殺！　古着屋総兵衛影始末③　徳間書店　二〇〇一年四月
013　破牢狩り　夏目影二郎始末旅③　光文社　二〇〇一年五月
014　政次、奔る　鎌倉河岸捕物控②　角川春樹事務所　二〇〇一年六月

015　火頭　密命・紅蓮剣　密命⑤　祥伝社　二〇〇一年七月
016　停止《ちょうじ》！　古着屋総兵衛影始末④　徳間書店　二〇〇一年七月
017　逃亡　吉原裏同心①　勁文社　二〇〇一年一〇月
＊　悲愁の剣　長崎絵師通吏辰次郎①　角川春樹事務所　二〇〇一年一〇月『瑠璃の寺』改題
018　妖怪狩り　夏目影二郎始末旅④　光文社　二〇〇一年一一月
019　熱風！　古着屋総兵衛影始末⑤　徳間書店　二〇〇一年一二月
020　御金座破り　鎌倉河岸捕物控③　角川春樹事務所　二〇〇二年一月
021　兇刃　密命・一期一殺　密命⑥　祥伝社　二〇〇二年二月
022　足抜　吉原裏同心②　勁文社　二〇〇二年三月
023　陽炎ノ辻　居眠り磐音江戸双紙①　双葉社　二〇〇二年四月
024　百鬼狩り　夏目影二郎始末旅⑤　光文社　二〇〇二年五月
025　暴れ彦四郎　鎌倉河岸捕物控④　角川春樹事務所　二〇〇二年六月
026　朱印！　古着屋総兵衛影始末⑥　徳間書店　二〇〇二年六月
027　秘剣雪割り　悪松・棄郷編　秘剣①　祥伝社　二〇〇二年七月
028　寒雷ノ坂　居眠り磐音江戸双紙②　双葉社　二〇〇二年七月
029　初陣　密命・霜夜炎返し　密命⑦　祥伝社　二〇〇二年九月
030　花芒ノ海　居眠り磐音江戸双紙③　双葉社　二〇〇二年一〇月

031　下忍狩り　夏目影二郎始末旅⑥　光文社　二〇〇二年一一月
032　秘剣瀑流返し　悪松・対決「鎌鼬」　秘剣②　祥伝社　二〇〇二年一二月
033　雄飛！　古着屋総兵衛影始末⑦　徳間書店　二〇〇二年一二月
034　古町殺し　鎌倉河岸捕物控⑤　角川春樹事務所　二〇〇三年一月
035　雪華ノ里　居眠り磐音江戸双紙④　双葉社　二〇〇三年二月
＊　流離　吉原裏同心　光文社　二〇〇三年三月　『逃亡』改題復刊
036　悲恋　密命・尾張柳生剣　密命⑧　祥伝社　二〇〇三年三月
037　竜天ノ門　居眠り磐音江戸双紙⑤　双葉社　二〇〇三年五月
038　白虎の剣　長崎絵師通吏辰次郎②　角川春樹事務所　二〇〇三年六月
039　五家狩り　夏目影二郎始末旅⑦　光文社　二〇〇三年六月
040　知略！　古着屋総兵衛影始末⑧　徳間書店　二〇〇三年七月
041　雨降ノ山　居眠り磐音江戸双紙⑥　徳間書店　二〇〇三年八月
＊　足抜　吉原裏同心　光文社　二〇〇三年九月　復刊
042　秘剣乱舞　悪松・百人斬り　秘剣③　祥伝社　二〇〇三年九月
043　引札屋おもん　鎌倉河岸捕物控⑥　角川春樹事務所　二〇〇三年一〇月
044　極意　密命・御庭番斬殺　密命⑨　祥伝社　二〇〇三年一〇月
045　狐火ノ杜　居眠り磐音江戸双紙⑦　双葉社　二〇〇三年一一月

＊　八州狩り　夏目影二郎始末旅　光文社　二〇〇三年一一月　復刊
046　難破！　古着屋総兵衛影始末⑨　徳間書店　二〇〇三年一二月
047　見番　吉原裏同心③　光文社　二〇〇四年一月
048　御鑓拝借　酔いどれ小籐次留書①　幻冬舎　二〇〇四年二月
049　朔風ノ岸　居眠り磐音江戸双紙⑧　双葉社　二〇〇四年三月
050　遺恨　密命・影ノ剣　密命⑩　祥伝社　二〇〇四年四月
＊　代官狩り　夏目影二郎始末旅　光文社　二〇〇四年四月　復刊
051　遠霞ノ峠　居眠り磐音江戸双紙⑨　双葉社　二〇〇四年五月
052　下駄貫の死　鎌倉河岸捕物控⑦　角川春樹事務所　二〇〇四年六月
053　交趾《こうち》！　古着屋総兵衛影始末⑩　徳間書店　二〇〇四年六月
054　清掻　吉原裏同心④　光文社　二〇〇四年七月
＊　花ふぶき　角川春樹事務所　二〇〇四年七月　時代小説傑作選（アンソロジー）
055　意地に候　酔いどれ小籐次留書②　幻冬舎　二〇〇四年八月
056　朝虹ノ島　居眠り磐音江戸双紙⑩　双葉社　二〇〇四年九月
057　鉄砲狩り　夏目影二郎始末旅⑧　光文社　二〇〇四年一〇月
058　残夢　密命・熊野秘法剣　密命⑪　祥伝社　二〇〇四年一〇月
059　無月ノ橋　居眠り磐音江戸双紙⑪　双葉社　二〇〇四年一一月

060　帰還！　古着屋総兵衛影始末⑪　徳間書店　二〇〇四年一二月
061　初花　吉原裏同心⑤　光文社　二〇〇五年一月
062　寄残花恋　酔いどれ小籐次留書③　幻冬舎　二〇〇五年二月
063　銀のなえし　鎌倉河岸捕物控⑧　角川春樹事務所　二〇〇五年三月
064　探梅ノ家　居眠り磐音江戸双紙⑫　双葉社　二〇〇五年三月
＊　「密命」読本　密命　祥伝社　二〇〇五年四月
065　乱雲　密命・傀儡剣合わせ鏡　密命⑫　祥伝社　二〇〇五年四月
066　奸臣狩り　夏目影二郎始末旅⑨　光文社　二〇〇五年五月
067　残花ノ庭　居眠り磐音江戸双紙⑬　双葉社　二〇〇五年六月
068　一首千両　酔いどれ小籐次留書④　幻冬舎　二〇〇五年七月
069　変化　交代寄合伊那衆異聞①　講談社　二〇〇五年七月
070　夏燕ノ道　居眠り磐音江戸双紙⑭　双葉社　二〇〇五年八月
071　遣手　吉原裏同心⑥　光文社　二〇〇五年九月
072　秘剣孤座　秘剣④　祥伝社　二〇〇五年九月
073　追善　密命・死の舞　密命⑬　祥伝社　二〇〇五年一〇月
074　驟雨ノ町　居眠り磐音江戸双紙⑮　双葉社　二〇〇五年一一月
075　道場破り　鎌倉河岸捕物控⑨　角川春樹事務所　二〇〇五年一二月

076　雷鳴　交代寄合伊那衆異聞②　講談社　二〇〇五年一二月
077　役者狩り　夏目影二郎始末旅⑩　光文社　二〇〇六年一月
078　孫六兼元　酔いどれ小籐次留書⑤　幻冬舎　二〇〇六年二月
079　紅椿ノ谷　居眠り磐音江戸双紙⑯　双葉社　二〇〇六年三月
080　蛍火ノ宿　居眠り磐音江戸双紙⑰　双葉社　二〇〇六年三月
081　遠望　密命・血の絆　密命⑭　祥伝社　二〇〇六年四月
082　風雲　交代寄合伊那衆異聞③　講談社　二〇〇六年五月
083　捨雛ノ川　居眠り磐音江戸双紙⑱　双葉社　二〇〇六年六月
084　枕絵　吉原裏同心⑦　光文社　二〇〇六年七月
085　騒乱前夜　酔いどれ小籐次留書⑥　幻冬舎　二〇〇六年八月
086　埋みの棘　鎌倉河岸捕物控⑩　鎌倉河岸捕物控　二〇〇六年九月
＊　「鎌倉河岸捕物控」読本　鎌倉河岸捕物控　角川春樹事務所　二〇〇六年九月
087　無刀　密命・父子鷹　密命⑮　祥伝社　二〇〇六年九月
088　梅雨ノ蝶　居眠り磐音江戸双紙⑲　双葉社　二〇〇六年九月
089　秋帆狩り　夏目影二郎始末旅⑪　光文社　二〇〇六年一〇月
090　邪宗　交代寄合伊那衆異聞④　講談社　二〇〇六年一一月
091　秘剣流亡　秘剣⑤　祥伝社　二〇〇六年一二月

一〇〇字書評

切り取り線

購買動機（新聞、雑誌名を記入するか、あるいは○をつけてください）

□（　　　　　　　　）の広告を見て	
□（　　　　　　　　）の書評を見て	
□ 知人のすすめで	□ タイトルに惹かれて
□ カバーがよかったから	□ 内容が面白そうだから
□ 好きな作家だから	□ 好きな分野の本だから

●最近、最も感銘を受けた作品名をお書きください

●あなたのお好きな作家名をお書きください

●その他、ご要望がありましたらお書きください

住所	〒				
氏名		職業		年齢	
Eメール	※携帯には配信できません	新刊情報等のメール配信を 希望する・しない			

あなたにお願い

この本の感想を、編集部までお寄せいただけたらありがたく存じます。今後の企画の参考にさせていただきます。Eメールでも結構です。

いただいた「一〇〇字書評」は、新聞・雑誌等に紹介させていただくことがあります。その場合はお礼として特製図書カードを差し上げます。

前ページの原稿用紙に書評をお書きの上、切り取り、左記までお送り下さい。宛先の住所は不要です。

なお、ご記入いただいたお名前、ご住所等は、書評紹介の事前了解、謝礼のお届けのためだけに利用し、そのほかの目的のために利用することはありません。またそのデータを六カ月を超えて保管することもありませんので、ご安心ください。

〒一〇一－八七〇一
祥伝社文庫編集長　加藤　淳
☎〇三（三二六五）二〇八〇
bunko@shodensha.co.jp

秘剣流亡《ひけんりゆうぼう》　長編時代小説

平成18年12月20日　初版第1刷発行

著者　佐《さ》伯《えき》泰《やす》英《ひで》

発行者　深澤健一

発行所　祥《しよう》伝《でん》社《しや》
東京都千代田区神田神保町 3-6-5
九段尚学ビル　〒101-8701
☎03(3265)2081(販売部)
☎03(3265)2080(編集部)
☎03(3265)3622(業務部)

印刷所　堀内印刷

製本所　明泉堂

ISBN4-396-33325-0 C0193

祥伝社のホームページ・http://www.shodensha.co.jp/